JN306507

ジュエリーデザイナー

水上ルイ

幻冬舎ルチル文庫

CONTENTS ✦目次✦

恋するジュエリーデザイナー

✦カバーデザイン＝高津深春（CoCo.Design）
✦ブックデザイン＝まるか工房

イラスト・吹山りこ✦

恋するジュエリーデザイナー

AKIYA・1

毎朝の日課のコーヒーを、僕はまだ飲んでる。

会社から、徒歩十秒のファーストフード店。

目の前にそびえたつ洒落《しゃれ》たガラス張りのビル、これが僕のオフィスだ。

僕はバインダーを開いて、今日〆切のデザイン画を確認する。

ゆうべ三時まで頑張って、やっと仕上げたんだ。

「いらっしゃいませー」

店員の声にちらっと目を上げると、自動ドアから見慣れた人影。

コーヒーを片手に僕から離れた席に向かう、背の高い後ろ姿。

あれは黒川《くろかわ》チーフ。デザイナー室の中で、僕が一番尊敬している人。

広い肩幅、広い歩幅。脚が長くて、服の趣味も良くて、なにより彼のデザインには、僕をうずかせる何かがある。

これが欲しい、このバランス感が欲しい、と。

僕は、篠原晶也《しのはらあきや》。

イタリア系宝飾品《ほうしょくひん》メーカー『ガヴァエッリ』のジュエリーデザイナー。

新卒で入社してやっと二年目。新人から足を洗ったばかりで、なかなか自分の思い通りに商品が仕上がらないのが、今の僕の悩みだ。

今日〆切の仕事は、K18アクアマリンのチョーカー。上代《じょうだい》、三十万円也《なり》。

超高額品の並ぶガヴァエッリブティックでは最低ラインで、もっと高い商品はイタリア本社のデザイナーと、日本支社に二人いるチーフクラスが担当する。

僕を含《ふく》めて八人いる、ヒラのデザイナーには、まあ、その残りもの、というか……プライドの高い彼らがやらないような、低額の商品がまわってくる。

ゴージャスな高額商品のデザインを担当したくないと言ったら嘘《うそ》になるけど、安いからって選《え》り好《ごの》みはよくないよね。ジュエリーに貴賤《きせん》なし、だ。

僕は、製図に目を寄せて、確認。上面、平面、レンダリングも合ってる。

計算機を出して、計算。うん。コストも入るし、バランスもばっちり。

朝イチで提出して、一発KOだ。

◆

「バランス感覚、悪くない？　篠原ちゃん」

ねばつく声で言って、田端《たばた》チーフが、僕を見上げる。

林家正蔵に似てる丸顔に、鼻の下に髭《ひげ》。刈《か》り上げにボタンダウンのシャツ。一昔前の、業界の人じゃないんだから勘弁《かんべん》してよ、と言いたい、僕のいるデザインチームのチーフだ。

「ここんとこ、パーツに分けちゃってー」

徹夜で描いたデザイン画にぐいぐい描かれて、僕は失神寸前。

「そーするとコストが入らないから……ダイヤ減らしてくれる？」

絶句している僕にデザイン画をつき返す。やり直しの合図だ。

「今日中ね、あ、篠原ちゃんなら、昼前に終わる？」

目が意地悪そうに笑ってる……と思うのは、僕の気のせい？

「今日中、ですね」

精いっぱい、愛想よく。これは社会人の基本だ。

プロなんだから、言われりゃ、何百回でも直すのが仕事。

だけど、バランス感覚が悪い、なんて言われたのはショックが大きすぎる。

打ちのめされた僕の背中に、

「あきや、ファイトー！」

黒川チーフチームの僕の同期、森悠太郎《もりゆうたろう》が叫ぶ。

凍《こお》りついていた雰囲気がとけ、皆が仕事をしながら笑う。

「森君」

よく響く低い声。黒川チーフだ。

「君も提出してくれると嬉《うれ》しいんだが」

イタリア人のモデルみたいにハンサムな顔に、笑いがにじんでる。

「あ、オレ全然終わってない。今日中ですよね。頑張りまーす」

悠太郎のおどけた口調に、黒川チーフが、白い歯を見せて笑う。

何かこの人って男っぽくてセクシーだな……と思って見とれていたら、視線が合ってしまった。

彼は、僕と目を合わせた途端に、その顔から笑いを消した。

もしかして……僕って嫌われてる？

ＭＡＳＡＫＩ・１

晶也の感覚が、お前にわかってたまるか、俺は、もうすこしでそう叫ぶところだった。

田端め。俺の晶也が、こんなヤツに侮辱《ぶじょく》されるなんて……。

少し青ざめている彼に気づいたら、とても笑えなかった。

やり直し云々《うんぬん》でなく、バランス感覚が悪い、と言われたのがショックなんだろう。

彼は、こだわっている。美しいものに。美しいバランスに。

俺は、黒川雅樹《まさき》。

ガヴァエッリという宝石屋の、しがない企業デザイナーだ。

今年二十八歳。

日本の美術大学を出て、イタリアで宝飾を学び、イタリアの本社から入社した。

半年前、日本支社に視察で来て、篠原晶也に会った。そして、すぐさま異動《いどう》願いを出した。

彼のいる、日本支社ジュエリーデザイナー室に。


「黒川チーフ、また、イタリアに帰ってこいって誘いを蹴《け》ったって？」

六十歳をすぎてもまだ現役の職人、製作課チーフの井森《いもり》さんが言う。

昼食のイタリア料理店だ。日当たりのいい洒落た店内、高い天井。

料理は旨《うま》いが、毎日来るので少々飽《あ》きがきている。

「やっぱり日本がふるさとですもんね。結婚相手も、日本でお探しになるの？」

企画課チーフの三浦《みうら》女史が、マスカラの派手《はで》に入ったまつげを瞬《また》かせて俺を見上げてくる。

「イタリアで女がらみの何かあって、帰れないんじゃないですかー？」

田端は、いつも余計なことを言う。俺は笑いながらも、思い切り皮肉な口調で、

「なかなか斬新《ざんしん》な意見だ。身に覚えがある人にしかできない発想ですよ、田端チーフ」

さすがの田端も、口をつぐむ。仕事中でなければ、もっと言ってやるところだ。

「そうそう、大事な伝達事項を忘れるところだったわ」

三浦女史が、ファイルから書類を出して、俺に渡す。

職位的には、日本支社が長い田端のほうが上だ。彼を通すのが筋《すじ》というものだが、シカトするところが彼女らしい。

「昼休みの後、すぐにデザイナー集めてくださいません？　イタリア本社から、副社長が来てるのよ」

伝票をさりげなく田端のほうに押しやって、

「あたし、先に失礼するわ。副社長に挨拶《あいさつ》してから、銀座の本店の方に行かなきゃ」

スカートと同じ明るい赤の、パロマ・ピカソのデザインらしきバッグをつかんで、

「田端さん、通訳と接待たのむわよ」

井森さんが、くっくと笑っている。

イタリア語が、一言も話せない田端は、

「副社長が来るなんて、何かあったのかな？　頼りにしてるよ、黒川チーフ！」

すでにパニック状態だ。気の小さい奴。

ＡＫＩＹＡ・２

僕らは二階にある会議室に集合していた。仕事の打ち合わせなんかはフロアごとのミーティングルームで済むから、こんな重役椅子のある場所は入社式以来だ。

「あきやさん、おれ、この部屋、なじめないんですよ」

新人の広瀬《ひろせ》君が、僕をつつく。

彼は三月まで、彫金《ちょうきん》科の学生だった。

二メートルもある鉄のオブジェなんかをたたいてたせいか、妙に逞《たくま》しい。

僕なんかよりずっと厚みのある肩をすくめて、こっちを見ている。

「君の入社式は四月だから、半年前に来たばっかりじゃない」

「入社式なんて思い出すと、ますますあがっちゃいますよー」

皆は緊張してるみたいだけど、僕は〆切が気になって、それどころじゃない。

それに、さっきの黒川チーフの視線が、僕の落ち込みに拍車《はくしゃ》をかけている。

……確かに、皆みたいに要領《ようりょう》よくはないけどさ……。

今日は副社長が座るはずの、ひときわ背もたれの高い椅子は、まだ空《から》だ。

黒川・田端チーフは、その副社長のお迎えに出ている。

「副社長が来るってわかってたら、もっと派手にして来たのにな～」

悠太郎は、楽しそうに言う。彼は、どこにいっても物怖《ものお》じしないタイプなんだ。

「それ以上、目立ってどうするの？」

田端チームのサブチーフ、三上《みかみ》さんが笑って言う。

彼は、最年長の三十五歳。デザイナー室で、唯一の妻帯者《さいたいしゃ》だ。

悠太郎はといえば、ゴルチェの黒の上下に、これもゴルチェの、激しい柄《がら》の新作ネクタイ。

うん、十分派手だよ。

「イタリア行けるなら、オレ、お小姓《こしょう》になってもいいかな～」

悠太郎が、皆の緊張を解そうとするようにふざけた口調で言う。

「大富豪のガヴァエッツリ一族にまぎれこめれば、一生、安泰《あんたい》に暮らせるよ」

そう言った黒川チームのサブチーフ、瀬尾《せお》さんは、今年二十七歳。我らの宴会会長だ。

「でも、やっぱりオレ、愛がなきゃ、イヤ」

悠太郎の言葉に、皆が緊張も忘れて騒ぎだしたところに、会議室の扉にノックの音。

秘書嬢が開ける頃には、全員、何事もなかったかのように静まり返って立ち上がっている。

入ってきたのは、黒髪に貴族っぽい顔立ちの男性だ。

背は、黒川チーフと同じくらい高い。仕立てのいいスーツ、余裕のある笑み。宝飾雑誌や社内報の写真で見るより、ずっとハンサムだ。黒川チーフと並ぶと……あー、パリ・コレみたいだ……。

彼は、アントニオ・ガヴァエッツリ。

現社長の次男で、歳は……黒川チーフより、一つか二つ年上だったかな。もともと、デザインの勉強をしてきた人で、本社デザイナー室のチーフと副社長を兼《か》ねている。

黒川チーフとイタリア語で話しながら、ごく自然に席に着き、僕らにも座るように合図《あいず》する。

キョロキョロしていた田端チーフも、あわてて席に座る。

ガヴァエッツリ氏は、笑みをうかべて僕らをひとわたり見回して、イタリア語で話し出す。

黒川チーフが、よどみなく通訳していく。

僕なんて一言もわからないようなスピード。

さすが、デキる人は違う。

「半年ぶりで、日本の諸君にお会いできて嬉しく思います」

そういえば、半年前の視察で、日本支社のデザイナー室をのぞいていったっけ。

あの時の黒川チーフは、まだイタリア本社勤務で、アントニオ・ガヴァエッツリ氏のサブチーフとして同行して来た。

日本人初の、イタリア本社デザイナー室勤務者。しかも二十七歳の若さで副社長のサブチーフになった人が日本支社の視察に来ると聞いて、僕らは一目見ようと盛り上がった。

そして、舞い上がりすぎた僕はちょっとしくじった。

ああ……思い出したくなかった。嫌われてたとしたら……あの時からかもしれない。

「今回は皆さんに、ひとつお願いがあってきました」

ガヴァエッツリ氏は、スーツの内ポケットから、タバコ大のプラスティックケースを取りだして、無造作《むぞうさ》にミーティングテーブルに置いた。

「これを使って、君達にデザインしてもらいたい」

片手でフタをあけ、かぶせてあった脱脂綿《だっしめん》をはがす。そして、隣に座った黒川チーフのほうに渡す。

目に入ったあまりの深紅《しんく》に、僕は思わず腰を浮かす。

「それは……」

黒川チーフが、長い指でつまんで目の前にかざす。

まさに鳩の血《ピジョン・ブラッド》。

……何かの奇跡で、そのまま結晶したような……。

……長径が、親指の長さはあろうかという、巨大な……ルビー。

「ただのルビーじゃないな」

黒川チーフが、熟練したマジシャンのような手つきでペンライトの光を当てる。

「スターが……」

ど真ん中、六条のスターが見事に浮かんでいる。

スターの出る石は、ほとんどピンクに近い赤紫になるか黒ずんでしまう。スター自体も、真ん中に出ないで、ズレたり不鮮明になることが多い。

だけど、この石の、この透明感、この深紅……。

「気に入ってくれましたか」

黒川チーフが、通訳する。

気がつくと、僕らは全員立ち上がってルビーのまわりを取り囲んでいた。ガヴァエッリ氏は、同志を見る目で僕らを見ている。

「これを、日本支社に預けます。素晴らしい製品にして、本社に送り返して欲しい」

僕は、ごくん、とつばを飲んだ。

このランクでは世界最大級かもしれないルビー。

この美しい宝石を、僕のデザインにセットできたら……ああ、夢みたいだろうな……。

「社長は、君達のデザインに多大なる期待を寄せておられます」

ガヴァエッリ氏は、話は終わったと言うように立ち上がった。

「私も、同感です。諸君の内の誰かがデザインしたこのルビーは、ローマの本店のハイケースに並ぶことになるでしょう。数々の歴史に残る作品と共に」

〆切も何もかもブッ飛んだ放心状態で立ちつくしていた僕は、肩に手を置かれて振り返る。

すぐ目の前に、ガヴァエッリ氏の厚い胸板。

僕より頭ひとつ上から、ハンサムな顔が見おろしている。

「君達に、好運を」

白い歯を見せて笑うと、彼はきびすをかえして会議室を出ていく。

ふわっと残った、いい香りに、少しクラクラする。

MASAKI・2

『本来なら、君にデザインしてもらうところだが』

副社長氏は、イタリア語で言う。最上階にある日本支社長室だ。

『今回は、ちょっと変わった趣向《しゅこう》でね』

接待用のソファーに座って、長い指であのルビーをもてあそんでいる。

どうやら、簡単には、手放したくないらしい。

『ところで……』

細身のタバコに火をつけ、立っている俺を見上げてニヤリと笑う。

『日本に居すわった訳《わけ》は、あの青年かな？』

「黒川君」

村井《むらい》支社長が呼ぶ。訳してくれ、と目が訴《うった》えている。

五十歳過ぎの、でっぷりと太ったこの男は、商才を買われてほかの大手宝石会社から引き抜かれた人間だ。いつもは通訳連れで本社出張の身で、イタリア語など一言もわからない。

「デザイン傾向《けいこう》については、日本側に任せると言っています」

村井支社長と田端が、嬉しそうにうなずいている。

『君の好みは心得ている。相変わらず、いい趣味だな』

「ダイヤなど合わせる石に関して、カラット、値段に上限はないそうです」

田端がメモを取り出してうなずいている。

『イタリア本社は、お堅《かた》いジジイばかりでうんざりするよ。ここもまあ、似たようなものかもしれないが』

「日本支社には、社長も大変期待しているとのことです」

日本語のヒアリングが、完璧にできるアントニオは、ニヤニヤ笑っている。実は話すほうもできるくせに、まだ完璧ではないという理由で、俺に訳させている。本当は、言葉がわからないふりをして日本支社の連中の反応を探っては、面白《おもしろ》がっているんだろう……まったく人の悪い。

何も知らない支社長は、俺のいい加減な通訳に、涙を浮かべんばかりだ。

『同好の士がいないのは、寂《さび》しいものだね。美青年連れでいいから、さっさとイタリアに戻って来てくれ』

「あのルビーのデザイナーに選ばれた社員には、副社長から特別ボーナスを出すそうです」

田端が、キラリと目を光らせている。

『好き放題言うからには、君も頑張りたまえ。ところで……』

一瞬、アントニオの顔が真面目《まじめ》にひきしまって、

『極秘《ごくひ》の話がある。後で電話をしてくれ』

『今までの話は、極秘ではないのですか』

『私は全然、秘密とは思っていないけれど』

アントニオは笑って、俺の肩に手を置いて、

『何なら、いまからホテルの方まで送ってくれてもいいよ』

「副社長は今からお店の視察に行かれますが、勤務時間中なので見送りは不要だそうです」

村井・田端は、わかりました、というように頭を下げている。

アントニオは俺の手をとって指を開かせると、ずっともてあそんでいた、あのルビーを落とし込む。

『君は食えない男だな。怒っているのは、君のハニーに手を触れたからか？』

『当然そうです』

付け加えれば、その時晶也が、憧《あこが》れの目でこいつを見上げたからだ。

アントニオは、俺の肩をポンポンと叩いてドアに消える。後ろ姿が、笑いに震えていた。

笑いたければ笑え。晶也に手を触れる男は、俺が許さない。

AKIYA・3

やっぱり、残業になってしまった。

時計の針はもう九時を指している。

節電のために天井の蛍光灯はほとんど消され、机の上のZライトだけが妙にまぶしい。

僕の清書が上がるのを待っていた田端チーフは、待ちくたびれてタバコを吸いに一階のロビーに下りてしまった。

薄暗いフロアには、僕と、何か書類をまとめているらしい黒川チーフの二人きり。

僕は、身体《からだ》を伸ばしてため息をつく。

もう目は痛いし、肩はガチガチ。製図用のシャープペンシルを握った手は疲れ切って震えがきてしまいそう。

もうこれ以上、手は加えられない。誰が何と言おうと、このバランスで完璧なのに……。

「篠原君」

一息ついたところで呼びかけられ、ギクリとして振り返る。

すぐ後ろに、黒川チーフが立っていた。

僕の隣の椅子をひきよせると、

「見せてごらん」

優しく言う。

僕は、ドキドキしながら、だいぶ汚れた清書用紙を手渡す。

脇石のダイヤを取ったり、結局は最初の形に戻されたりして、僕の小さいプライドも、僕の清書用紙も、ボロボロになっていた。

この上、尊敬する黒川チーフにまで何か言われたら、僕は、もう……。

Zライトをつけ、彼は丹念《たんねん》に細部まで見ている。

チームが違うから、チェックしてもらうのも、こんなに近くで見るのも、初めてだ。

間近で見ると、本当に彫りが深い。

陽に灼《や》けた頬《ほお》は、すっきりと引き締まっている。高い鼻梁《びりょう》。外国人モデルみたいに眉《まゆ》との距離が狭い奥二重《おくぶたえ》の目は精悍《せいかん》な感じだけど、長めのまつげがそこにセクシーさを加えてる。

彼の沈黙の長さに、僕は不安になる。

仕事の物とはいえ、作品は、小さいけれど僕の分身だ。

あまりにみすぼらしい分身に、そして彼の点検する鋭い視線に、僕は赤面する。

まるで、裸《はだか》でも見られているように恥ずかしい。

「きれいだ」

彼は、突然つぶやいた。

「君のラインは、本当に美しいな」

裸……という単語が浮かんでいた僕は、一気に頭に血がのぼって、差し出された清書をうっかりはじいてしまう。

拾おうとする僕の手に、黒川チーフの手が重《かさ》なった。

しっかりと骨の張った、男らしい手。なめらかで貴族的な長い指。

「俺がOKを出そう」

前髪が触れあうほど近くで、彼が言った。甘い息が、頬にかかる。

「コピーを取っておいで。一緒に帰ろう」

「は、はい」

熱に浮かされたように、僕は立ち上がる。

自分のファイル用、本社提出用、デザイン保存ファイル用、それに製作課に送る仕様書《しようしょ》の、計四枚をコピーする。

黒川チーフと二人で帰れるなんて、初めてだ。

よく考えると、チームが違うからあまり話す機会もなかった。

だいたい、残業の時は悠太郎が待ってるし。

今日はたまたま、用があるとか言って帰ったけど。

黒川チーフってどんなことに興味があるんだろう……考えるだけでドキドキする。

だけど提出用の書類を書いているうちに、きっと田端チーフが帰ってくる。そうしたら、きっと雑用かなにか言いつけられて、また延《の》びて……。

「黒川チーフ。書類がまだなんです。よかったら、おさきに……」

振り向くと、Zライトのスポットの当たった彼が笑って、

「書類ならできているよ。田端チーフが帰って来る前に逃げだそう」

まるで、いたずらをする少年みたいな顔になっている。

僕からコピーを受け取って、素早く書類をそろえる。

田端チーフの机に重ね、コートとブリーフケースを持って、僕をせかす。

僕があたふたしてる間に、ホールからエレベーターの到着する、チン、という音。

「いそげ、篠原君！」

荷物をひっつかんだ僕の肩を抱くようにして、デザイン室をつっきり、ミーティングルームに飛び込む。

少し開いたドアのすき間からZライトの明かりがもれているほかは、ほとんど真っ暗だ。

「黒川チーフ……あれ、篠原？」

田端チーフが見回している雰囲気。

思わず出ていって謝《あや》まりそうになった僕を、黒川チーフが後ろから抱きしめる。

……あ……耳に暖かい息。

「……だめだよ、篠原君」

ささやいて、彼の手が、僕の口をそっとふさぐ。

「何だよー、おいてきぼりかよー」

田端チーフは、普段から独り言が多い。ぶつぶつ言いながら帰り仕度《じたく》をしている。

黒川チーフが、息を殺して笑っている。

頭ひとつ分近く彼のほうが背が高いから、僕の頭は、彼の肩のあたりに押しつけられている。

厚い胸板。何かいい香りがして、頭の芯《しん》がかすんでしまう。

「篠原を製作課に行かせようと思ってたのに、ついてねぇな」

Zライトを消していく音。僕達は、闇につつまれる。

ワイシャツごしの黒川チーフの体温を、急に熱く感じて身じろぎした僕を、彼の腕がさらに強くしめつける。

「……まだだ、篠原君」

かすれ声のささやき。

鼓動《こどう》が早くなっていく。

田端チーフが、デザイナー室から出て行く音がする。

彼のあたたかい腕は、まだ僕を抱きしめたまま。

どうしたんだろう。このままでいたら、僕はなんだか変になりそうだ。

「あの……」

彼の指が、軽く僕の唇《くちびる》に触れ、僕の言葉をさえぎる。

彼のかすれた声が、耳元で、

「……あと、少しだけ」

僕の唇に触れていた彼の指が、まるで、愛撫《あいぶ》でもするようにわずかに動いて……あ……僕の身体は痺《しび》れてしまう。

……一体どうしたっていうんだ、僕は。

MASAKI・3

晶也が、俺の車の助手席にいる。

いつも、こうなったらいい、と思っていた通りに。

「いいなー、僕、マスタング好きなんです。しかも、コンバーチブル！」

晶也は、子供のようにはしゃいでいる。

それを見るだけで、俺は、こんな幸せな気分になる。

「艶《つや》消しのシルバーって、黒川チーフに似合っていますよね。真黄色のブガッティとかだったら、どうしようかと思っちゃいました」

俺は、つい笑ってしまう。

晶也は、初めて見た時には思わず見とれてしまったほどの、美しい容姿をしている。なのに彼にはそれを全然自覚していないところがあって、そこがなにか不思議な魅力になっている。しかし、俺のように彼に惹《ひ》かれている人間の前では、それはとても危険だ。

何も知らない晶也は、シートベルトの金具をとめながら車内を見回して、

「ルーフを開けるのって、開放感があっていいですよね。海沿《ぞ》いとかを走ったら気持ちよさそう。伊豆《いず》とかなら近いし、温泉もあるし」

楽しげな口調。彼にとっては、ただの世間話だ。

でも俺には、誘惑しているようにしか聞こえない。

「あ、これじゃあ、連れて行って欲しいって言ってるみたいですね」

あはは、と笑う。

俺は、必死に自分に言い聞かせる。

彼は、無邪気《むじゃき》なだけだ。誘っているわけじゃない。

だが俺は、沸騰《ふっとう》していく自分を自覚してしまった。

ミーティングルームの暗がりで、どうしても我慢できずに抱きしめてしまった。

彼の柔らかい身体の感触を知った俺のメーターは、限りなく0《ゼロ》に近い。

「晶也、食事につき合ってくれないか」

仕事中は名字で呼んでいるが、今夜はわざと呼び捨てだ。

晶也は一瞬、戸惑《とまど》ったようだが、すぐにうなずいた。

「お供します。黒川チーフは、お昼はいつも『リストランテ・ラ・トーレ』ですか」

「ああ。もう飽きてきたところだけどね」

晶也は、ぜいたくだー、と言って笑っている。

俺の歓迎会もあそこだったし、日本支社のごひいきだと思っていたが、ランチタイムに、ほかのデザイナー室のメンバーを、見かけたことがない。

「晶也たちは、どこで食べてる？」

「デザイナー室です。ほか弁。お金ないですし」

生活感に欠けるきれいな横顔をした彼の、意外な言葉に、俺は少し驚いていた。

「日本支社の社員は、皆、お金持ちかと思っていたよ」

昼のランチで毎日、高い金を払っている。

三浦女史は、手にいくつもダイヤを光らせているし、ほかの部署でもチーフクラスは、やれ別荘《べっそう》だ旅行だ、と言っている。

晶也は、くすり、と笑って、

「チーフクラスは、そうです。でも、ヒラデザイナーの給料はスズメの涙です」

「そうか。俺は君達のことを何も知らないね」

少し反省して言うと、晶也は、あわてたようにシートから身をおこす。

「黒川チーフは、じゅうぶん気にしてくださっていると思います。それに親切で、優しくて……」

笑って、俺の顔をのぞきこむ。少し照れたような声で、

「僕達みんなの、憧れなんです」

……ああ、晶也。そんなことは言わないほうがいい。

車は、明治《めいじ》通りを新宿《しんじゅく》方面に向かう。

晶也は少し黙り、急に真面目な声になって、

「これからもずっと、日本にいますよね」

語尾の少しかすれる、甘い声をしている。

「そしたら、もっと深く知り合えますよね」

……晶也。君の無邪気な色香は、俺にとっては暴力に近い。

俺が今、何を考えているかを知ったら、君はもう二度と、そんな言葉を口にはできなくなるだろう。

ＡＫＩＹＡ・４

黒川チーフは、僕を嫌っているわけじゃないらしい。

そう思ったら嬉しくなって、少し話しすぎたかもしれない。

彼はさっきから無口になってしまって、僕は内心焦る。

何か怒らせるようなこと、言っちゃったかな。

車は、靖国《やすくに》通りとの交差点を過ぎたあたりで停まる。

「着いたよ」

パーキングメーターにコインを入れ、彼は、僕の背中に軽く手を回して歩きだす。

「暗いから、気をつけて」

優しい声に、ホッとする。

「混んでいなければ、いいが」

立ち止まったのは、白い壁に扉がついただけのような建物。

ちょっと隠《かく》れ家《が》っぽくて、通《つう》の人だけが知ってる店という雰囲気。

看板らしきものは一切なく、本日のおすすめ料理を書いた小さい黒板が出ていなかったら、
誰も、レストランとは思わないだろう。

「ラッキーな夜だ。いいテーブルが、二人のために空《あ》いている」

扉のガラスをすかして中を見ていた黒川チーフが、振り向いて、冗談めかして言う。

それだけで、僕の心臓は、ズキンと痛む。

これは何だろう。今夜はどうしちゃったんだろう。

彼は、まるで女のひとにするようにていねいに扉を開け、僕を先に入れてくれる。

「いいですね、ここ」

高い天井を見上げて、僕は言う。

中は意外なほど広かった。間接照明と白いしっくいの壁が、フォルナセッティのデザインっぽい、モダンなインテリアをひきたてている。

僕達が案内されたのは、天井まで開いた大きい窓のそば、いちばん良さそうな席。

彼は、しょっちゅう来てるのかな。

窓の外はテラスになっていて、暖かい季節なら、外で食べたらすごく気持ちよさそう。塀《へい》の向こうに木々が揺れているのが見えて、ここは東京のど真ん中なのに、どこか知らない場所にでも来てしまったみたいだ。

「窓際のここが、特等席だよ」

スモークサーモンを添《そ》えたチコリのサラダを取り分けてくれながら、彼が言う。

人好きのする笑顔。

器用に動く指は、長くて、労働を知らない貴族の指だ。

ジュエリーの仕事を始めてから、身体の一部のパーツに軽い偏愛《へんあい》をもつようになってしまったんだろうか。

「手で食べるのが、一番早いな」

ボイルしたストーンクラブを解体していく、彼の指から、目が離せない。

カラをむしった身をそのまま口にもっていく。

指先を、少しなめる舌。

「晶也？」

僕は食べるのも忘れて、フィンガーボウルにひたされた、彼の指を見つめてしまっていた。

不思議そうな彼の声で、我《われ》に返る。

「あ、はい」

僕は赤面しながら、白ワインのつがれたクリスタルグラスを口に運ぶ。

「美味しそうに食べるな、と思って」

「それは、俺が大食いってこと？」

少しすねたように言う。

僕は思わず笑ってしまう。

ずっと前から親しかったみたいな、安心感。

彼といるのは、くすぐったくて、ドキドキする。
不思議だ。ずっと、こうしていたい。
……こんな気分は、初めてだ……。
「また誘っても、かまわないかな」
いい？　と聞くようにまっすぐ見つめる瞳。
なぜか、まっすぐ彼の顔を見ることができない。
おもわず目をふせると、テーブルに置かれた彼の手に、釘《くぎ》付けになってしまう。
……あの指がさっき、僕の唇に……。
「また……誘ってください」
つぶやいた声が、情けなくかすれる。
どうしたんだろう、鼓動が早くなる。
……ああ、今夜の僕は、どうかしてる……。

MASAKI・4

車は、青梅《おうめ》街道を荻窪《おぎくぼ》方面に向かう。

誰かを家に送り届けるのが、こんなに胸苦しかったことはない。

俺が飲ませたシャブリに少し酔《よ》ったのか、晶也は頬を上気させて、上着を脱ぐ。

デザイナー室には、特にネクタイ着用のきまりはないが、彼は毎日きちんとスーツで来る。

ていねいにアイロンのかかった綿《めん》のワイシャツに、暗いぶどう酒色のネクタイ。

第一ボタンを外して、ゆるめる。

晶也は男としては華奢《きゃしゃ》なほうだが、肩がきれいに張っていていつも姿勢がいいので、凛《りん》とした印象があり、どこか高貴な感じだ。

口さえ開かなければ、気位《きぐらい》の高い美青年で通るだろう。

運転をしながら横目でうかがうと、綺麗《きれい》な首筋から耳たぶまで、ほんのりと上気している。

動いた拍子《ひょうし》に、晶也のかすかなコロンの香りがただよってくる。

密閉された空間に二人きりでいるのは、俺にとっては拷問《ごうもん》に近い。

さっきミーティングルームで抱きしめた、やわらかい感触が、腕によみがえる。

今すぐ車をUターンさせて、部屋に連れていってしまいたい。……そして、めちゃくちゃにしてしまいたい。

「このまま、送り狼《おおかみ》になってしまおうかな」

思わずつぶやいた言葉は、俺の本心だ。

「あはは、いいですよ。みんなが泊《と》まりにくるから、予備のフトンもあるし」

俺の言葉に、間髪《かんぱつ》いれず笑う。男を危険なものとは、夢にも思っていない人間の反応。俺の心の中に、鈍《にぶ》い痛みが生まれる。

「晶也。送り狼といったら予備のフトンは使わないものだよ。君のベッドに行かせてもらう。それでも、泊まりに行ってもいいの？」

……もちろん君は、無事ではすまない。

晶也は少し考えて、

「わかりました。あなたは上司ですし。今夜は僕のベッドに来てください」

……なんだって？

「あ、そこのコンビニを左にお願いします」

絶句する俺に、無邪気な笑顔でにっこり笑って、

「大丈夫。僕、フトンでも寝られますから」

……まったく……君の言葉は、一つ一つが暴力だよ。

「そこの角で結構です」

車は、住宅の一角で停まる。けっこう古そうだが、こぎれいなアパートの前だ。

「あの、すみません、上がっていただこうかと思ったんですけど……」

生真面目《きまじめ》な顔でいいよどむ。目が、ちらっとアパートの窓を見上げる。

「今夜は、ここで失礼します。おやすみなさい」

ぺこりと一礼すると、人の気も知らず、タクシーでも降りるようにあっさりとアパートの横手の道に消える。

俺は、肩をすくめる。何を期待していたんだか。

ノーマルな男なんて、当然こんなものだ。わかってはいるが、俺の心はかき乱される。

同じアパートの二階の角部屋では、盛大な宴会が開かれているらしい。

美大の学生だった頃を思いだして、俺はふと懐しい気分になる。あの頃はしょっちゅう、こんな宴会ばかりやっていた。

「騒ぐのもいいけれど、俺の晶也の眠りを、さまたげないでくれよ」

独り言をいって、エンジンをスタートさせる。

「おやすみ、晶也。また、会社で」

AKIYA・5

「おかえりー、あきやー」

悠太郎が、鍵をあけてくれる。部屋の中からは、数人の歓声《かんせい》。

「ちょっと！　外まで声が聞こえてるよ」

皆の靴でいっぱいの玄関。すき間を見つけて革靴を脱ぎ捨てる。

僕の部屋は、二階の角部屋でよく泊まりに来る連中の、たまり場。

学生時代からのことで、合い鍵のかくし場所も知ってるメンバーだから、僕が遅くても勝手に入って始めてる。

今日は来てるとは、思わなかったけど。急に来るのは、いつものことで慣《な》れてるけど。

「遅かったですねー。すみません。また勝手に入ってやってます」

「東北の友だちが送ってくれて、いいお酒が手に入ってさ。皆で飲もうと思って」

顔を出したのは会社の広瀬君と瀬尾さん。一升瓶《いっしょうびん》を抱《かか》えて襖《ふすま》によりかかっているのは黒川チーフのチームの新人、柳《やなぎ》君。コップや皿を出して働いているのは、女性コンビの、長《は》谷《せ》さんと野川《のがわ》さん。チーフクラス二人と妻子持ちの三上さんをぬかした、デザイナー室フルメンバーだ。

一応仕事仲間ではあるけれど、都内近郊《きんこう》に美術大学というものは五つしかない。友達関係を伝《つた》っていくと、だいたいつながってしまう。

悠太郎と広瀬君は、ムサ美の頃からのお泊まりメンバーだし、造形の柳君とタマ美の瀬尾さんは、音楽サークルの関係で前から顔見知りだったらしい。女性陣二人も近郊の女子美で、共通の友達が多い。

妻子持ちの三上さんは、宴会には呼びにくいけれど、奥さん共々ムサ美だから、僕達と先輩・後輩の仲だ。

ただ、関西の美大出身の田端チーフと、天下の芸大・イタリアコースの黒川チーフとは共通点が少ない。

そのへんにも構《かま》えてしまう理由が、あるのかもしれない。

「こんなに遅くまで残業？　疲れてるなら、帰るよ」

悠太郎が言う。

ジャニーズ系のルックスと軽い口調で能天気に見られがちだけど、悠太郎は実は、面倒見のいい気がきくタイプなんだ。僕は学生時代から、何かと彼には助けられてばかりいる。

皆のかばんを踏み越えて、寝室にしている和室に入りながら、

「平気。黒川チーフにおごってもらってて、遅くなっただけだから」

「黒川チーフに？」

不審《ふしん》そうな悠太郎の声を聞きつけて、襖の向こうで長谷さんと野川さんが騒ぎだす。

「いいなー。一度でいいから、黒川チーフと二人だけでお食事したーい」

「あたしも」

「おれも」

柳君まで一緒になって大声を出している。やばい。外に聞こえてないかな。

「黒川チーフは田端チーフみたいにクダラネーことといわないし、センス超いいし。おれ、ホレちゃうよ」

「黒川チーフにならら、男もホレちゃうわよね。でも相手がヤナギじゃ、いまいちだなー」

セーターとジーパンに着替えて、襖を開ける。こたつのすきまに足をつっこんで座ると、悠太郎が、柳君から力ずくで奪い取った一升瓶から日本酒を注《つ》いでくれる。僕は飲んでみて、

「瀬尾さん、これすごく美味《おい》しいです。こんなに美味しい日本酒も飲めて、今夜はラッキーだなあ」

「あきや、ホホ染めちゃってかわいい!」

悠太郎がからかう。どうせ僕は、飲むとすぐに赤くなるよ。

「ねえ、あきや君くらい美人なら、男でも許せると思わない?」

「あ、許す。黒川チーフとあきやさんなら、おれも許しちゃう。ルックスでね」

「勝手に許すなよー。あきやはボケてて、ただでさえ危ないんだからさ」

悠太郎が怒ってる。皆、酔っ払って、なんだか勝手なことを言ってるなあ。

笑って聞いていた瀬尾さんが、そういえば、と言って僕の方に移動してくる。

「これ、黒川チーフから。皆に配っといてって頼まれてたんだけど」

あのルビーのデザイン要項だ。ルビーの正確なサイズと、カラーコピーもついてる。さすが、いつの間に作ったんだろう。

「皆、どういうデザインにするの？」

僕は、うきうきしながら聞いた。

……あれ？　皆がひいてる。

「自由参加でしょ？　だったら参加しない。ただでさえ忙《いそが》しいのに」

悠太郎の言葉に、僕は驚いた。

でも、皆は同意しているみたいだ。柳君が怒った声で、

「そうっすよ。いっつもこき使ってて、急に仕事以外のことまでやらせようったって、そうはいきませんよ」

野川さんも、冗談ぽい口調で、

「やりたい気もするけど、〆切が、びっちりつまってるもーん」

「チーフクラスみたいに、高額のものをしょっちゅうやらせてもらってりゃ、いいけど」

瀬尾さんまで言い出す。

「だいいち、資料だって揃《そろ》ってないしね」

「黒川チーフがやればいいんだと思います。副社長だって、それ期待してるんでしょ。俺達は、ただのオマケですよ」

広瀬君が、けりをつけた。

……そうか。皆、けっこう、待遇《たいぐう》とかの面でも不満もってたからな。

皆も本当はやりたいのが、よくわかる。

でも素直に会社のいうことをきくには、あまりにも僕らは粗末《そまつ》に扱われすぎてきたのかも。

ヒラとはいえ、一応、社員なのに、まるで下請《う》けさんなみにチーフクラスとの格差が大きい。給料とかそういう単純なものだけじゃなくて、依頼《いらい》の内容なんかも、彼らとは全然違うし。誰も僕らには期待してないんじゃないかって、この気分が、僕らにはたまらないんだ。

誰かが強制的にでも、期待してるからやれ！　っていってくれれば、どんなにいいだろう。

それとも本当に、僕らには誰も期待してないんだろうか。僕らは会社に必要ないんだろうか。

「でも、あんな大きいルビーのデザインなんて、なかなかできないし……」

ぼそぼそと言った僕に視線が集中して、思わず目をふせる。

「晶也くんは、出した方がいいよ。自由参加なんだからさ」

瀬尾さんが、慌てて言う。

悠太郎が真面目な声で、

「あきやは、出しなよ。実力あるんだから」

「なんたって、ヴォーグ・ジョイエッリ・篠原ですからね」

柳君の口調に皮肉を感じてしまうのは、僕の思い過ごしだろうか。

「あれは、ただのまぐれだってば」

ちょうど一年前……去年の十一月に、僕の商品が『ヴォーグ』って雑誌の宝石版に載《の》ったことがあって、いまだに言われる。

まだ僕が新人の頃だったし、あれは単なる間違いだ。

……まあ、嬉しかったのは、確かだけど……。

「まあ、出せる人だけ、出すってことで！」

悠太郎が、雰囲気を察して話を終わらせる。

「カラオケに行かない？　ストレス発散で騒ごうぜ！」

カラオケは、宴会の定番だ。皆、歌うの好きだからなー。

「あ、あたし今日、彼のところに行くんだ。長谷ちゃん、どうする？」

野川さんが、立ち上がりながら言う。長谷さんは、

「あたし、タクシーで帰るわ。まだまだ元気だから、カラオケ行くぞ！」

「それなら野川さん、遅いから駅まで送るよ」

僕が送り役を引き受け、一足先に部屋を出る。

「寒ーい」

大通りに出た途端、野川さんが震えている。見下ろすと、けっこう薄着をしている。

「野川さん、酔ってるからだよ」

僕は、着ていたコートを脱いで、肩にかけてあげる。

少し寒いけど、女の子が震えているのを見るよりずっといい。

「いいよ、あきやくん。あたしのほうが寒さに強いよ」

デザイナー室女性二人組はルックスは可愛いのにざっくばらんで、妙に女性を強調するようなことがない。このへんが安心して、いい友達でいられるところかな。

「一応、嫁入り前の娘だからね。風邪《かぜ》ひかせたら、彼氏に怒られちゃうよ」

「ありがと。じゃ、駅まで借りる。あきやくん、ほんとに、いい子ね。ルックスだっていいし。彼女いないの、信じられない。事務サービス課のバイトの娘《こ》達がうわさしてたよ。あきやくん、黒川チーフと並んで一番人気だって。狙《ねら》われてるよ」

「あはは、まさか」

「あはは、じゃないのよ。……まさかこのまま、フリーで通す気じゃないでしょうね」

僕は、恋愛というものに執着《しゅうちゃく》が薄いみたいで、彼女がいない時でも苦痛に感じたことがない。

もちろん何人かつき合った子はいたけど、恋愛に興味が薄いということはその子達にも興味が薄いということで。悪いなあと思いつつ努力はするんだけど、やっぱり長くは続かない。

もしかして、本当の恋愛というものをしたことがないのかもしれない。

好きだの、嫌いだの、ふられただので悩んだりした覚えがないし。

「一応恋人募集中です」

そう。このまま、一度の恋愛もなしで青春を終わらせるのは、ちょっとヤバい気がしてる。

本当は悩んだり笑ったりしてる、皆がうらやましい。きっとそういうのが、本当の恋だ。

泣いたって苦しんだっていい。誰かを本気で好きになってみたいんだ。

きっとどこかに、僕を夢中にさせて、悩ませて、めちゃくちゃにしてくれる人がいるはずだ。

「よし。あたしが、超、いい子を探して紹介してあげよう」

「お願いします。でも、野川さんの友達って怪《あや》しくない？　類は友を呼ぶって、昔からいうし」

「ちょっと！　あたしに、そういうこと言っていいと思ってんの？」

僕らは、はしゃぎながら駅に向かう。

友達に恵まれただけでも、感謝しなきゃ。

……でも本当に、何もかも忘れるほど誰かを愛せたとしたら、どんなに素敵だろう……。

MASAKI・5

「晶也……」

俺は、愕然《がくぜん》とつぶやいた。

ガソリンの残量が少ないことに気付いてとびこんだ、彼のアパートからいくらも離れていない、大通り沿いのガソリンスタンドだ。

俺の目は、道路をはさんだ向こう側にいるカップルに釘付けになっていた。

女の子の方は髪にかくれて顔がよく見えないけれど、男の方は間違いなく晶也だ。

着替えたのかフィッシャーマンズセーターにジーパン、黒のロングコートという見慣れない格好だが、あのすらりと伸びた身体、小さくて整った白い顔、俺が見間違えるわけがない。

晶也は、ふと立ち止まって自分のコートを脱ぐ。

そして、寒そうにしている女の子の肩に、ふわり、とかけてやる。

俺は、突然、気付く。

なぜあの時、晶也がアパートの窓を見上げていたか、そしてなぜ急いで車を降りたのか。

……彼女が、部屋で待っていたんだ。

二人はじゃれあうようにして、駅に向かって歩いていく。どう見ても幸せな恋人同士だ。

俺の心に、暗い火が点《とも》る。

わかっていた。彼は、思った通りストレートだ。だが、見たくはなかった。

ゲイの世界は、美しいけれど、暗く狭い場所だ。

自分から望んで来た者以外、引きずり込むことはできない。

そして阿片《アヘン》におかされたように幻惑された俺には、もうそこから出ることなどできないだろう。

晶也と俺の間には、透き通った、だが厳然《げんぜん》とした壁が存在する。

彼の琥珀《こはく》のように光る瞳。見はって、それから甘えたように笑う癖《くせ》。

俺には、壁ごしにそれを見、そして彼が手に入らないもどかしさに悶《もだ》え苦しむことしかできない。

近付いてきた店員に金を払い、キーを受け取る。

天王洲《てんのうず》の俺の部屋までは、ここからだと小一時間か。

帰ろう。そして何でもいいから酒を飲んで、めちゃくちゃに酔って……忘れてしまおう。

忘れられるとは思えない。だが、俺にはそれ以外の道は残されていない。

運命を感じる人間に出会ったのは、初めてだった。

そしてこれからも、もう二度とないだろう。

プルル……

突然、携帯電話の着信音が鳴ったのは、俺が車に乗り込んだ時だった。

どうせアントニオか、酔っぱらった悪友の呼び出しか、まだ残業している企画課か何かだ。

どっちにしろ取る気分じゃない。

呼出音は、いつまでも続く。

まったく、いったい誰だ。くだらない用事だったら怒鳴《どな》ってやる。通話スイッチを入れ、

「……はい」

不機嫌な声が出る。

公衆電話からかけているらしいコインの落ちる音。まさか……。

『夜分遅く、申しわけありません』

語尾のかすれる、甘い声。俺を狂わせる、あの……。

『黒川さんのお宅……じゃなくて……お車でいらっしゃいますか？』

そして、それに似合わない、何だか間の抜けた言葉。

「そうですが……」

呆然《ぼうぜん》と俺は答える。

相手は、安心したように笑い、

『篠原です。僕、ごちそうになったお礼もきちんと言ってなくて……あの、さっきはごちそう様でした』

「いや……」

俺は、早く電話を切りたかった。

……晶也の声を聞くだけで、俺の中の何かが、おかしくなりそうだ。

『今夜はすごく楽しかった。よかったら、また誘ってください』

……いや、やめておいたほうがいい。

『今度こそ……』

……ああ、甘えるような声は、やめてくれ……。

『……送り狼になっていいですから』

俺の中の、何かが、ぷっつりと切れる。

彼の無邪気すぎる言葉に、俺は引き裂《さ》かれる。

憎《にく》しみにも似た、凶暴な感情。

目の前が、真っ白な炎に包まれる。

「晶也、君に話がある」

俺は言い、キーを回してエンジンを吹かす。

アクセルを踏み込み、道路に全速で走り出る。遠くからタクシーの警笛《クラクション》。

夜中のすいた時間でなければ、大事故だろう。
でも、もう何も見えない。
トロトロ走っている車を、次々に追い越す。
駅に近い、通り沿いの電話ボックスに、すらりとした人影が見えた。
あのコート、白い顔、見開かれた琥珀色の瞳。
俺は車を乗りすて、怯《おび》えたように呆然とたちすくむ晶也を電話ボックスに追いつめる。
抵抗する手首を摑んで、はりつけにする。
何か言おうとして動く、唇。
その薄いさんご色の唇を、俺は狂ったように奪った。
俺にとっての阿片は、この男だ。
甘い甘い唇。
愛《いと》しい。ずっと愛していた。ずっとこうしたかった。
絶対に、触れることはできないと思っていたのに。
……ああ……もう、何もかも失ってもいい……。

ＡＫＩＹＡ・６

僕は、今までに、女の子とたくさんキスをしてきた。

でも、何も感じたことがなかった。

自分は変なんじゃないかと思っていろいろな女の子としたけど、やっぱり何とも思わなかった。

そのうち僕は、割り切ることにした。

キスというのは、してと言われればする、ただ面倒なだけの行為。

じゃあ、今の、これは何だろう。

彼の唇があわさるたびに、僕の身体は震え、甘い痺れに貫《つらぬ》かれる。

彼の身体はとても熱くて、押しつけられると熔《と》けていってしまいそうだ。

唇は清潔《せいけつ》に少し乾いていて、男っぽい見た目に反してやわらかかった。

熱くて甘い……長いキス。

僕は生まれて初めて、我慢できないほど感じている。

ふいに脚から力が抜け、倒れそうになる。

彼は、崩《くず》れ落ちそうな僕をたくましい腕でしっかりと支え、そのまま強く抱きしめる。

「……君を愛している」

耳元の囁きで、我に返る。

男が男に、こんなことを言うわけがない。

そう。男にキスするわけだってないじゃないか。

もしかして、これって冗談？　彼はマヌケな僕をからかっている？

じゃあ、それで、こんなふうに感じてしまった僕って、一体……？

身じろぎした僕を、逃がさないとでも言うように、彼の腕がさらにしめつける。

「痛い……放してください」

「……放さない」

彼の声に、突然、僕の怒りが爆発した。

渾身《こんしん》の力をふりしぼって、彼を押しのける。

「何でこんなことをされなきゃならないのか、僕にはわかりません！　こんなことをされるのは不愉快《ふゆかい》です！」

許さない。こんな気分になったのは、生まれて初めてだったんだ。

だけど、彼にとっては、冗談だったですむことで……。

本気でにらみ上げる。笑ってたらブン殴ってやる。

だけど彼は笑ってはいなかった。それどころか、深く傷ついた目をして僕を見つめていた。

「……晶也……」

絞《しぼ》りだすような、彼の声。

「……悪かった。君に、不愉快な思いをさせてしまった」

目をそらす彼の、彫刻みたいに端正な顔が、苦痛に耐《た》えかねるようにゆがむ。

黒川チーフ……このエリートの、ハンサムの、憧れてた人にこんな顔をさせてしまった。

僕の怒りが急速に冷えていく。

「いえ、ただ、僕には理解できないんです」

僕を見下ろして、どこか悲しそうに、そして、少し照れたように笑う。

「君に嘘はつけない。正直に言おう」

いつもの優しい声。でも胸をしめつける……。

「酔って、誰かと混同したわけじゃない」

彼は、優しく腕をおさえて、言い聞かせるように僕の目をのぞき込んだ。

「俺はゲイで、君に恋していて、できれば抱きたいと思っている」

ズキン！

今まで感じたなかで一番激しい電流が、つま先から心臓を通って僕の身体を震えさせる。

「許されないのは、わかっているよ」

僕の震えを悪寒《おかん》ととったのか、彼は自嘲《じちょう》気味に頬をゆがませ、そっと手を離す。

「ただ、君をだましていたくない。これが本当の俺で、どう思うかは君次第《しだい》だ」

静かに言って、急停車の形のまま斜めに停まったマスタングに乗り込む。

僕が呆然としている間に彼はドアを閉め、車はタイヤの音をきしませ、走り去る。

僕は、混乱の中、とり残される。

MASAKI・6

「どうせ、我慢ができないのなら、無理矢理ベッドに引きずり込めよ」

アントニオ・ガヴァエッツリは、あきれたように言う。

東京でも最高級に位置するホテルの、部屋は最上階のプレジデンシャル・スイート。

まったく、経費の無駄使いだ。

「あなたの、そういうところは好きになれないな」

俺は言う。だが結局、俺の本性を知っているのはこの男だけだ。こんな話ができるのも。

アントニオも、真夜中にたたき起こされたにもかかわらず、つき合って聞いている。

「ストレートの男に告白して成功したなんて、聞いたことがない。考え込んで何になる」

「ごもっともです。……考え込む前に、酔ったほうがよさそうだ」

俺は、空のグラスを彼に差し出す。

アントニオは、それを受け取るとミニバーに立ち、強い酒ばかりを手あたり次第に混ぜた、不気味なカクテルを作る。

ガヴァエッツリ一族の御曹司《おんぞうし》で副社長のこの男に、酒を作らせる命知らずの社員は、俺くらいだろう。

「酔っぱらって、忘れてしまえよ」

ソファーに座った俺に差し出す。

イタリアにいる頃、本社デザイナー室の上司と部下だった俺たちは、よくこうして飲んだ。愚痴を聞かせる方は、どんなものでも飲むのが決まりだ。俺は、むりやりあおる。

「忘れられるとは、思えません」

アントニオは、自分の分のマティーニを顔をしかめて舐《な》めると、

「まさか、本気で好きだなんて、言うなよ」

俺はグラスを置いて立ち上がり、窓に近寄る。

足元には、星空のような夜景。新宿のビル街が、遠くに見える。

あの向こうに晶也がいる。

甘い唇、柔らかい身体は、あの一瞬だけ、この腕の中にあった。

……今は、なんて遠いんだろう。

俺は振り向いて、

「例えばあのスタールビー。あれを大枚《たいまい》はたいて買ったのは、あなたですか」

「そうだ。巨大な原石が出たという知らせを聞いて、駆けつけた。ジャングルの採掘場《さいくつじょう》に、あれは、ドロまみれのまま転がっていた。あまりの巨大さに、うちのベテランバイヤーも迷っていた。とてもランクの高い石が採《と》れるとは思えないと言って。だが、私には、一目でわ

かった。この石には、とてつもない価値がある。そして私のものになる、とね」

さすが、宝石の話になると目の色が違う。

超がつくほど自信家の彼は、決して、自分の鑑別眼と審美眼を疑わない。

「私のために、神が時間をかけて作りたもうた宝石だ。私が手に入れてやらなくてどうするんだ？」

俺は、うなずいた。

「そう、その感覚です。篠原晶也は、神が俺のために作った人間だと思った。彼のセンス、言葉、全てを近しいものに感じるんです。まるで前世で、俺と一対《いっつい》だったように」

アントニオは、ソファーに身を沈めたまま、考え深げに俺を見上げている。

「彼は、俺に大切なことを思いださせてくれます。自分のセンスを信じること、こだわりを捨てないこと、美しいものを愛し続けることを忘れないこと」

アントニオは真剣なまなざしで俺を見て、ふと笑うと、テーブルから俺の分と自分の分の、空のグラスを取り上げた。

「本気の恋というのは、つらいものだな」

俺の目に、見たことのない晶也の寝顔が浮かぶ。

白いまぶた、長いまつげ、さんご色の柔らかい唇。

無邪気な顔をして、今は眠っているだろう。

男に告白される夢でも見て、きれいな眉は、少し寄せられているだろうか。

「本気の恋とは、つらいものです」

ため息をついて、俺はアントニオの手からグラスを二つ取り上げる。

「俺の話は、終わりです。あなたの話を聞きましょうか」

「日本支社のためになる話だ。あんまりヒドいのは、勘弁してくれよ」

自分以上に、不気味なものを混ぜ合わせる俺を見上げて、彼は苦笑する。

「本社で、何かありましたか」

グラスを渡すと彼はうなずいて、テーブルの脇に置かれたアタッシュケースを示す。

「一番上、ブルーのファイル」

ケースを開けると、様々な書類の上にブルーの紙ファイルがあった。

会議の際に配るガヴァエッツリのネーム入りだ。

社外秘とプリントされた書類は二十枚ほどだが、全部イタリア語でタイプされている。

「この酔った頭で、これを今すぐ翻訳《ほんやく》しろと？」

「来年度の、経営方針。うちの堅物《かたぶつ》兄貴のマジオが、提案しようとしている分だ」

ガヴァエッツリ・ジョイエッツリは、何百年も続く血統経営で、この男の祖父が会長、父が社長、彼と、兄のマジオが副社長になっている。

アントニオが芸術家肌で、アメリカやドイツに留学して鑑定士資格を取得し、デザインを学んだのに対し、マジオは完全な経営者タイプだ。

「兄貴は昔から、金勘定《かねかんじょう》だけは得意だった。センスは、からっきしのくせに」

性格も、二人は合わないらしい。

「十八ページ目。大変なことを言い出したよ。日本支社デザイナー室の、危機だ」

急いでページをめくる。

「日本支社の規模縮小、及びデザイナー室の……撤廃《てっぱい》？」

日本支社ができて十年、社員数は百五十名。決して小さくはないが、日本支社で独自に開発した商品もそこそこ売れ、軌道《きどう》に乗ってきたところだと思っていた。

しかも、デザイナー室は……。デザイナー室のメンバーは……。俺は、呆然と彼を見返した。

「撤廃……全員解雇《かいこ》ですか」

アントニオは、重々しくうなずいて、

「君には、イタリアに帰って来てもらう。ほかの全員は、即刻《そっこく》クビになるだろう」

ＡＫＩＹＡ・７

遅れて入っていったカラオケボックスは、もうすでに大変な盛り上がりを見せていた。

長谷さんは、どこから持って来たのかタンバリンを振って踊っているし、瀬尾さんと広瀬君は不気味なデュエットをしているし、柳君は僕の部屋にいたときから持っていた一升瓶を抱えて、床に転がっている。……あれ？　悠太郎の姿がない。

と、思ったら、僕の後ろからコンビニの袋をぶら下げて入ってきて、

「ちくしょう！　あきやとオレに、デュエットさせろ！」

いきなり乱入してマイクを奪おうとしている。

「わかった、わかった。悠太郎、次に歌わせてあげるから」

ソファーに座らせて、カラオケの曲目の載った本を渡してあげると、怒ったような目で僕を見上げてる。

「どうしたの悠太郎？　もしかして、もう酔っ払ってるの？」

「酔ってないよ！　あきや！」

急に僕の腕をつかんで引き寄せると、ソファーに僕を押し倒す。

「わあ。やっぱり酔ってる」

笑って押しのけようとして思い出す。さっきまで抱かれてた、黒川チーフの腕。熱い体温。

「ごめん、放して」

彼のことを思うだけで、僕は変だ。鼓動が早くなる。

「ああっ、悠太郎さんが、あきやさんを押し倒してる。ずるい」

広瀬君と柳君が駆け寄ってきて、上からのしかかってくる。

「ちょっと、やめなさいよ」

長谷さんが、笑いながら止めてくれて、

「あんたたち、本当に社会人なの？」

「だけど、幸せといえば幸せだよね」

瀬尾さんが、妙にしんみりした声で、

「職場の人と楽しく飲めるなんて、そうそうないんだぜ」

「そうなんっすか？」

社会人一年生の柳君が、不思議そうに言う。悠太郎が起き上がって、

「うちの会社だって、デザイナー室だけじゃん？　営業部、見てみろよ」

確かに、こんなにのんきにやってるのはデザイナー室だけかもしれない。

「毎日午前様で、接待あり、付き合いありだぞ。デザイナー室から一歩出たら、社会ってあんなものかな。文句いってる僕たちちって、考え甘いのかな」

僕は、しみじみつぶやく。文句をいいながらもいろいろと自由だし、一応クリエイティブに足をつっこんだ仕事でお金をもらえてるのは、僕にとっては何よりラッキーなことだ。

瀬尾さんがうなずいて、

「チーフクラスとは、給料も待遇も月とスッポンだけど、仕事があるだけでも感謝しなきゃね」

「うわあ。なんかあって、クビになっちゃったらどうしよう」

悠太郎が、缶ビールを開けて飲みながら、

「オレ、ボーナス一括《いっかつ》払いで、ゴルチェの服、買っちゃった。クビになったら、超ヤバい」

「黒川チーフくらい、実力あったらな」

柳君が言う。急に出てきた彼の名前に、僕はドキリとする。

「すぐにでも辞《や》めて、フリーになっちゃうのに。あの人だったら、今の何倍でも稼《かせ》げるっすよね」

「あのアントニオ・ガヴァエッツリ副社長が、手放すわけないよ」

さすがサブチーフ。会社の事情に詳《くわ》しい瀬尾さんが言う。

「黒川チーフのことをすごくお気に入りで、隙《すき》あらばイタリアに連れて帰ろうとしてるんだから」

……イタリアに連れて帰る？　黒川チーフを？

「だけど、今のままじゃ、彼が日本に居るのはもったいない気がするね。日本支社は、まるでイタリア本社の下請け企業だ」

そうかもしれないな。黒川チーフは、どう思ってるんだろう。

僕らは、彼に比べたら経験も実力も平凡なデザイナーだ。

でも、一応がんばってるんだけど。少しは信頼してくれてるだろうか。

彼のことを思い出したら、急にいろいろなことが気になりだしてしまう。

彼の傷ついた表情。僕の心を揺らしていった言葉。

もしも僕が、さっきあったことを面白《おもしろ》半分に皆に話してしまったとしたら、彼は、どうなるんだろう。

今の日本で、ゲイなんてものが社会的に認められているとは、僕には思えない。

きっと彼は、上司としての信用も、社会的な地位も、全て失うことになる。

そんな危険を冒《おか》してまで自分の気持ちを告白してくれた彼から、僕はこのまま逃げていていいんだろうか。

思い出してみれば、まるで僕が彼を嫌っているみたいな別れかたをしてしまった。

それは違う。嫌ってなんかいない。だけどきっと、彼はそう思っているだろう。

僕はこのまま、彼から逃げていていいんだろうか。

MASAKI・7

「君には、イタリアに帰ってきてもらう。ほかの全員は、即刻クビになるだろう」

言い捨てたアントニオは、ふと皮肉な笑いを浮かべて、

「望むなら、君のアキヤも連れてきていい。それなら、未練《みれん》はないだろう？」

「そういう問題では、ありません」

俺は、混乱していた。

確かに、日本に来たきっかけは、彼だった。しかし、今はそれだけではない。

「彼らは確かに、仕事に恵まれているとはいえません。しかし、ジュエリーに対する熱意は本物だと思います。俺は、デザイナーとしての彼らを信頼しています」

俺の言葉に、アントニオは、ため息をついて肩をすくめる。

「確かに、日本支社デザイナー室が頑張っているのは、私も認めるよ。日本支社に依頼した商品も、売り上げを伸ばすのに貢献《こうけん》しているし。……君のアキヤの、ヴォーグ・シリーズを含めて」

そうだ。彼を初めて知ったのは、あのときだ。

ギリシャのアンティークコインからモチーフをとり、ガヴァエッツリの商品にしては画期的《かっきてき》

な、伝統と新しさとを不思議に融合《ゆうごう》させた、彼のプラチナのシリーズ。

俺はそこに、ガヴァエッリの未来のスタイルを見たような気さえした。

日本支社の商品なので、価格は低い。

しかし、その無駄のない、完璧を目指して絞り上げられたストイックなラインに、俺は初めて負けたと思った。

そして、デザイナーの名前を、頭にたたきこんだ。

『アキヤ・シノハラ』

初めて、俺を敗北させた男。

「だが、ただ素質《そしつ》があるというだけでは、マジオを納得させることはできない」

俺は、イタリアにいたときに見た、マジオ・ガヴァエッリを思いだした。

弟のアントニオが陽性なイメージの美男子なのに対して、マジオは尊大《そんだい》な口元と神経質そうな鋭い目をしていた。

そして、数多いイタリア人デザイナーを差し置いて、アントニオのサブチーフに抜擢《ばってき》された日本人の俺に対して、冷淡《れいたん》な態度を隠そうとはしなかった。

アントニオも、彼を思い出したのか、眉をしかめて、

「マジオは、日本支社に対する偏見《へんけん》が強い。特に、デザイナーはイタリア人だけで十分だという考えを持っている。イタリア本社にいる頃は、君も結構やられてただろう。君のほうが

一枚うわてだったようだけどね」

俺は思い出して笑ってしまう。

何かにつけてつっかかってくるマジオの相手は、あれでなかなか楽しいものがあった。

「いちいち気にしていたら、仕事になりません」

アントニオは意地の悪い笑いを浮かべて、

「君がマジオをやり込めるのを見るのも、一つの楽しみだったんだが」

「一番うわてだったのは、イタリア人デザイナー達でしょう」

年齢も経験も、彼らにはかなわないはずの俺が、あっさりとアントニオのサブチーフになれたのは、彼らの作戦もあるだろう。

彼らの平均年齢は、日本支社社員のそれより三十歳は上。ほとんどのデザイナーが、中年を越えていて、代々、ガヴァエッツリのデザイナーを継《つ》いでいる家の者もいる。

要するに彼らは職人だ。

イタリアの歴史と伝統を受け継いでいく、マエストロ《職人》。

新しいタイプのデザインにも、若い者同士の勢力争《あらそ》いにも、一切《いっさい》興味がない。

デザインコンテストで名の知れている俺と若き後継者のアントニオのコンビは、ガヴァエッツリの知名度をあげるとともに、こうるさい会社からの干渉《かんしょう》を防《ふせ》ぐことにも役立っていたというわけだ。彼らにとっては一石二鳥。

「イタリア本社のデザイナーか」

アントニオは、ため息をついて、

「私も彼らを尊敬しているし、できればずっと、その伝統を守って欲しいとは思っているんだ」

「……しかし、それだけではいけない？」

俺は、彼の言葉を先取りして、笑う。

このことに関するアントニオの愚痴《ぐち》は、何度も聞かされてきている。

「そうだ。現に、あのガヴァエッリのローマ本店に予約を入れる富豪《ふごう》が、今は、年に何人いると思う？　このままでは、ガヴァエッリは、人々の意識の中から消えて行くだろう」

「マジオ・ガヴァエッリは、そのことに気付いていないのですか」

「気付いたさ。だから手っ取り早く、日本人デザイナーのクビを切ろうとしているんだ」

俺は、ため息をつく。

「彼らは全員の給料を合わせても、マジオ一人が取っている分の半分にも満たないでしょう。それより彼らの能力を活用して、新しい商品でも開発するほうが、よほど会社のためになる」

「私情に惑《まど》わされて、そのへんがわからないところが、あいつの頭の悪いところだ」

「だから、マジオにもわかるように、彼らの能力を示せと？」

アントニオはうなずいて、

「社長は、私達に任せるといっている。マジオは、ローマ本店に置けるような高額商品をデザインしてみろと言ってきた。それだけの実力があるのを示せば、デザイナー室の撤廃案は、会議にかけるのを止《や》めて、なかったことにするそうだ。どうだ？　彼らにそれだけの能力があると思うか？」

「当然です。俺は、部下をそんなに甘やかしてはいません」

「それなら、その彼らの能力を、デザインにして提示して欲しい。そのためにあのルビーを提供しようと思ってね。モチーフとして不足はないだろう」

俺は、うなずいた。

彼らには、それだけの実力はあるだろう。俺は、彼らの能力を信頼している。

「負けるわけにはいきません。マジオは、この俺と、俺の部下達の能力を疑ったんです」

「それに、日本支社をひいきにする、この私に対する挑戦でもある。ヤツを許すわけには、いかないいな」

俺達は、お互いの顔を見て、にやりと笑い合う。

「この二人がその気になれば、負けるということはありえません。ただ問題は、彼らがどれだけ、やる気を出してくれるかですね。実力に、不足はないと思うんですが」

「彼らに、ガヴァエッリ一族に対する忠誠心《ちゅうせいしん》を求めても、ムダだろうな」

アントニオは、肩をすくめてソファーから立ち上がると、冷やしてあったハーフサイズのシャンパンを二本、ぶら下げて戻って来る。ボトルごと俺に渡して、

「このアントニオ・ガヴァエッツリがついている限り、君達が心配することは何もない」

「そう願いたいですね」

俺達は、ボトルをぶつけ合わせて、同時に栓《せん》を抜く。

「ついでに言えば、俺にも忠誠心などというものは、ありませんよ」

俺は、シャンパンを飲みながら言う。

「マジオのいるガヴァエッツリ一族が、借金を抱えて路頭に迷おうが、俺達は痛くもかゆくもありません。貧乏になったあなたを見るのも、楽しいかもしれないな」

アントニオは、大笑いして俺の隣に座ると、肩をつかんでガシガシ揺する。

「君の、その、怖い物知らずなところが好きなんだ、私は」

AKIYA・8

皆が寝静まったのを見計《みはか》らって、僕はベッドをおりた。

カラオケでさんざん騒いだあと、長谷さんはタクシーで帰り、瀬尾さん、広瀬君、柳君の三人はコタツを片付けたリビング、悠太郎は寝室の僕のベッドの脇に、フトンを敷いて眠っている。

僕は、とても眠れなかった。

もう限界だ。黒川チーフの悲しげな目が、頭から離れなくなった。

見ているこっちが、辛《つら》くなるような苦悩の表情。僕は、あの人を傷つけてしまった。

彼の逞しい腕、あたたかい唇を忘れられない。

誰にも興味を示さなかった僕の心が、彼のことを思い出すだけで揺さぶられる。

彼のように同性に恋をすることが、正しいのか、間違っているのか、僕にはわからない。

でも、少なくとも、彼の態度は男らしかったと思う。

彼は、告白することで、社会的な地位もプライドも、僕の前に全て差し出してくれた。

ゲイとかいう言葉に、もちろん抵抗はあるけど、彼は嘘やごまかしなしに僕に接してくれたんだ。

悠太郎を起こさないようにそっと着替え、コートのポケットに財布と携帯電話を入れる。と、手に当たった、入れっぱなしだった十円玉。

さっき慌てていて携帯電話を忘れてしまった僕は、これを使って公衆電話から彼に電話をいれた。そして……。

僕は、そっと目をとじる。

……逃げちゃいけない。きちんと話をしなきゃ。

……決して嫌いではないこと、とても尊敬していること、そして……彼の期待には、きっとそえないこと。

「あきや？」

悠太郎が、半身を起こして僕を見ていた。もう寝ていると思ったのに。僕をにらんで、

「どこに行くの？」

「ごめん、起こしちゃった？」

「どこ行くかって、聞いてる」

悠太郎の声が、怒っている。こんな時の彼はごまかせない。

「黒川チーフに会いに行く」

「何？　まだ夜明け前だよ。どうしちゃったんだよ、あきや」

窓からもれる街灯の光にてらされた、彼の顔はすごく心配そうだ。

こんな顔をさせて悪いな、と少し思う。

「ごめん。変なんだ。彼に会って、話をしなきゃ」

リビングから誰かが寝言を言ってるのが聞こえる。

悠太郎は、襖の方を見て、

「コンビニに行く。一緒に来て」

◆

「オレ、黒川チーフの車を見たんだ。凄《すご》いスピードを出して、新宿の方に行くところだった」

コンビニの脇の児童公園のブランコに座って、悠太郎が言った。

「オレ、途中まで迎えに行ったんだよ。お前が全然カラオケボックスに来ないから。お前、電話ボックスに寄りかかって放心してた。声、かけられなかったよ」

僕はブランコの支柱に寄りかかって、手に持ったウーロン茶の缶を見ていた。

「あいつに、何されたんだよ」

「何も」

「嘘だ」

ほかに誰もいない、暗い公園に悠太郎の声が響く。

「お前のあんな顔、初めて見た。何もないわけがない」

悠太郎は、本気で心配してくれてる。

僕は彼の顔を、まっすぐ見ることができない。

「何かあったんなら、オレが何とかしてやるから。会社なんか、クビになったっていい」

彼が急に立ち上がって、僕の手首を摑《つか》む。驚いて放してしまったウーロン茶の缶が、地面を転がっていく。

「お前、どんな女の子と一緒の時でも、あんな顔しなかった。だから、オレ……」

「前に……」

僕は、話しだす。このまま秘密にしても、彼に心配させるだけだ。

それに、僕は悠太郎を信頼している。彼は、それを裏切るようなことはしない。

「彼女とキスするのが、いやだっていったよね。何も感じないって」

「それは、たまたま、その子のこと、あんまり好きじゃなかったってだけで……」

「黒川チーフとキスした。感じた」

悠太郎は、信じられない、という顔で僕を見つめた。

「彼は、僕を好きだって言ってくれた」

「だから行くのか？　あきやも、好きなのか？」

悠太郎は、この世の終わりみたいな顔をして言う。僕は笑って、

「でも、僕、男だよ。好きって言われたって、どうしようもないよ」

彼は、何か言いたいように口を開いたまま、僕を見つめた。僕は、

「でも、きちんと話してくれたのは、すごく勇気のあることだと思う。だから僕もきちんと断らなきゃ。だから、行くんだよ」

悠太郎が泣きそうな顔で、ふいに僕の身体をひきよせた。

ぎゅ、と抱きしめる。

「何か、感じる？」

黒川チーフのようには筋肉の発達していない、でも僕より一回りしっかりした彼の身体を確かめる。すごく暖かい。でも……。

「何も感じない」

「オレもキス、していい？」

「……だめ」

MASAKI・8

寝室に入ると、ベッドはキングサイズだった。だが、いくら大きくても一つに変わりない。

「ツインではないのですか？」

彼の部屋に泊まるほど飲んだのは初めてだが、酔いと眠さで、もう運転できそうにない。

借りたバスローブのまま、ベッドに倒れ込む。

「男と、別々のベッドに寝る趣味はないよ」

アントニオが、部屋の明かりを全て消していく。そして、いつもとは少し違う口調で囁く。

「お前とは、今まで何もなかったのが不思議なくらいだ」

暗がりで、アントニオの指がバスローブをはだけていく。

俺は慌てて手を伸ばし、枕元の照明スイッチを探る。

「ちょっと待ってください。この二人では、レスリングにしか見えませんよ」

「それに、似たようなことをしよう」

俺の手首を摑むと、力任せに仰向におさえつける。俺の上腕筋を、唇でたどる。

「私は、男の身体が、好きなんだ。整った骨格、発達した筋肉、陽に灼けた皮膚《ひふ》……」

そういえば、彼の恋人達は、そういうタイプばかりだった。水泳選手、映画俳優……背が高く、陽に灼け、厚い胸板と長い脚。まるでアントニオ・ガヴァエッリ本人のように。

「どうもあなたの屋敷に、ギリシャ彫刻が多いと思ったら、デッサンするためではなかったんですね」

アントニオが、胸元に唇を這《は》わせながら、くすくす笑う。

「特に寝室のダビデ像はね」

俺は、ふくれあがってくる欲望をもて余しながら、

「きっと、恋をするには、二つのタイプがあるんです」

「その通り。ヤる方と、ヤられる方と」

いつも人を小馬鹿にしたように話す彼の声が、ふと揺れる。

「お前なら、私は……どちらでもかまわない」

俺は、押さえつけるアントニオを振り落とし、その上にのしかかった。

「いいえ。自分と同じものを探すか、自分に欠けたものを探すか、です」

彼のバスローブをはだけ、胸に頬をよせてみる。なめらかな肌の感触に、おどろくほど上がってくる体温。

……ああ、俺は、こんなにも人恋しかったのか……。

欲望を抑えてついたため息に、アントニオが反応する。

俺によく似た、身体。

「俺は、自分に欠けたものを探しているんです」

「マサキ……」

彼が、耳元で囁く。

指が、俺の身体のラインを確かめるようにたどりながら、ゆっくりと降りていく。

「お前は、完璧だ。何も欠けてはいない」

俺は、自嘲的に笑った。

「晶也は、俺を不愉快だと言いました」

責めるような晶也の目、嫌悪《けんお》に震えた身体。

「俺は篠原晶也の形に、欠けているんです」

欲望をかきたてるように滑っていた指が動きを中断し、俺の顔を包んで引き寄せる。

見つめてくる彼の顔は驚くほど整って、そして子供のように頼りなげだった。

いつもの尊大な態度の裏に隠されていたその表情に、理性がゆっくりと溶かされそうだ。

「今だけ、かわりにするといい」

唇に、彼の吐息がかかる。

「お前はもう、限界だ」

……プルル……。

耳にかすかな電子音が届く。

目を閉じてアントニオの唇に溺《おぼ》れそうになっていた俺はほんの一ミリ手前で動きを止めた。

プルルル……。

気がつくと、ベッドを飛び降り、リビングへのドアを開けていた。

スーツの上着のポケットから、携帯電話をつかみだす。

プルル……。

通話スイッチを、ONにする。

「はい……」

期待と不安で、声がかすれる。

『夜遅く……あ、いえ、もう朝早く、ですね。ああ、焦ってこんな時間に電話してしまって、本当に申し訳ありません』

慌てた口調、どこか間抜けな言葉と、語尾のかすれる甘い声。

「……晶也」

『僕、きちんとお話しした方が、いいと思ったので』

ほんの一瞬でいい。今、君とつながっている……きっとその口からは、手ひどい拒絶《きょぜつ》の言葉が出ると、わかってはいるけれど。

「……ああ。言ってごらん」

『電話じゃなくて、きちんと会ってお話ししたいんですが……』

俺の心臓が、トクンと高鳴った。

「……そう。じゃあ迎えにいくよ」

『あっ、ええと……うち、デザイナー室の皆がザコ寝してて、グチャグチャなんです』

「……ザコ寝……？」

『さっきまでカラオケをやっていて……お宅のそばまで、うかがいます。品川？　あ、天王洲のほうが、近いんでしたっけ』

「ああ、そうだよ」

『じゃあ、シーフォートの桟橋《さんばし》で。十時……とかでも大丈夫ですか？』

「……ああ」

『こんな時間に、本当に申し訳ありませんでした。失礼します。おやすみなさい』

あっさりと、電話が切れる。

俺はソファーに座って受話器を握りしめたまま、呆然としていた。

「お前たち、同調でもしてるのか？」

ベッドルームからのドアには、いつのまにか、バスローブ姿のアントニオが、もたれかかっている。

「もう一歩でいただき、というタイミングで……」

アントニオは、いつもの皮肉な笑いを浮かべる。

俺は、やっと息をついて、

「晶也のおかげで、助かりました。さすがの俺も、危ないところだった」

アントニオはリビングに入ってくると、細身のタバコに火を点《つ》ける。

俺がバスローブを脱ぎ捨て、ワイシャツに袖《そで》を通しているのを見て、あきれたような顔で眉をつりあげる。

「私のベッドから逃げ出す男は、お前が初めてだよ」

「そうでしょうね」

俺は、スーツを着込みながら、つい笑ってしまう。アントニオが不審《ふしん》げに、

「なんだ？」

「俺が、悩んで、ほかの男のベッドまでいっている間、彼は何をしていたと思います？」

「さあ？」

「デザイナー室のメンバーとカラオケ・パーティーだそうです」

俺とアントニオは、顔を見合わせて苦笑する。可笑しいような、悲しいような。

「のんきというか、わかっていないというか。デザイナー室のメンバーと、だと？」

アントニオは、少しムッとした顔になって、

「彼らには、まだ本気でデザインする気がないようだ。やる気になってもらわないと話にならない」

「どうしますか？」

彼は、少し考えて、副社長の口調に戻って命令を下す。

「月曜の朝一番に、会議だ。ほかの仕事は全部保留《ほりゅう》させろ。水曜にコンセプトとラフを私のところに持ってこい。デザイン画の〆切は金曜。土曜の朝一番の便《びん》で、イタリアに持っていく。全員、強制参加だ」

俺は、思わず苦笑いする。

「……強引ですね」

見上げたアントニオは、吸いかけのタバコを灰皿に押し付けて立ちあがると、いきなり、俺のネクタイを掴んだ。

「それが私のやり方だ。君は、知っているだろう？」

強い力で引き寄せ、むりやり唇を奪おうとする。だが、直前でフッと手を離す。

「……やめておこう。バカらしい」

俺は、つい笑って、

「あなたの、そういうところは好きですよ」

アントニオは、一瞬にらんでから、踵を返して、

「このうえ、レベルの低いラフを持ってきたら、承知しないぞ」

言い捨ててベッドルームのドアに消える。

ＡＫＩＹＡ・９

少し明るくなってきた。

空は、どんよりと厚い雲に覆《おお》われて、雪でも降り出しそうに寒い。

運河の向こうにつながれた、レストランクルーザーがゆっくりと揺れている。

僕は、シーフォートの桟橋に立っていた。

ホテルのテラスカフェにつながっているそこには、前に来たことがある。

デザイン調査の途中で、さぼって悠太郎とビールを飲んだっけ。よく晴れた日だった。

海からの風が、僕の安物のコートを吹き上げる。僕は、ぶるっと身震いした。

皆が起きちゃったら抜け出せない。電話ボックスから直接駅へ。

始発を乗りついで、今、五時半。約束した時間まであと四時間と三十分。

夢中で電話を入れてしまったけれど、あんな時間に、本当に迷惑だよね。

彼が寝過ごしたとしても、文句はいえない。早く来た時のことを思うと、何だか動けない。

だけど、今朝の寒さはけっこうこたえる。あと……四時間と、二十八分。

「晶也！」

振り向くと、黒川チーフが、ショッピングモールからのドアを押し開けて走り出てくるところだった。

予想外のことに、僕は呆然と立ちすくむ。

「……部屋の窓から、君の姿が見えた」

息を切らして駆けよってきた彼は、シャワーでも浴びていたみたいだ。

いつもきちんと整っている髪が、濡《ぬ》れたまま額に落ちかかっている。

ラフにボタンをあけた生成《きな》りのシャツに、ブルージーンズ、白のデッキシューズ。

初めて、スーツじゃない彼を見た。

すらっとしていると思ったのに、肩の辺りがスポーツマンらしい筋肉に覆われているのがわかる。洗いざらしたカルヴァン・クラインのジーンズが、腰高の長い脚とフラットな下腹部を強調して、男の僕が言うのもなんだけど、まるでブルース・ウィーバーの撮《と》る男性モデルみたいに……セクシーだ。

「寒かったろう。着いているなら、どうして電話をしない？」

少し責めるように言って肩に手をまわし、建物のほうにそっと押しやる。

あ、あたたかい、と思ったとたんに、さりげなく離れていく。

きっと、気を使ってくれているんだ。

「すみません。僕こそ、こんな早くに。寒くないですか？　コートもなしで」

見上げると、初めて気がついた、というふうに身を震わせる。

それでも、きちんとドアを押さえて、僕を先に入れてくれる。

いつもは、隣接したコンサート・ホールやホテルに来た人達でにぎわっているはずの、吹き抜けのあるショッピングモールは、まだ暗く、コーヒーショップも閉まったまま。

一番早いはずのホテルのカフェラウンジも、開くまでにはまだ間がありそうだし……その辺に入りゃいいや、と思っていたのに、どうしよう。

「よかったら、部屋に来ないか。外で立ち話では、君が風邪《かぜ》をひいてしまうよ」

彼がさりげなく言って、ふと言葉を切る。どこか、かたい声で、

「もちろん、いやでなければだが」

「いやだなんて、そんな……」

若い女の子じゃあるまいし、と笑おうとして、気がつく。彼の目から見ると、似たようなものなのかもしれない。

僕のこの鈍感さが、彼を傷つけてるんだ、きっと。

「あの……ご迷惑でなければ」

ショッピングモールを抜け、連絡通路を渡ってオートロックのあるエントランスを入り、エレベーターの前で、立ち止まる。

「オフィスビルしか、ないのかと思っていました」

僕は、好奇心でいっぱいだった。

彼は口元で笑うと、エレベーターの扉を押さえて、僕を先に入れてくれる。

「すごい……」

こんな超一等地に、住んでる人がいるなんて……。

最上に近い階で、エレベーターは、とまる。

扉が開いて、出たところは狭めのホール。床は大理石。

コンクリートの打ちっぱなしの壁には、黒鉄の重そうなドアが一つ。

ごく目立たないあたりに、草のからみつくようなフォントで、『KUROKAWA』と彫り込んである。

オーダーかな。格好いい……高そう。

「お友達とか、よくいらっしゃるんですか」

「俺が一人で住み始めてから、この部屋に人を入れるのは、初めてだ」

え？　聞き返す間もなく、彼は慣れた手つきで鍵をあけ、そっと僕の背をおして招《まね》き入れる。

ホールからひと続きの、大理石張りの玄関。壁は、アールを多用した打ちっぱなしで、廊下の突き当たりには、作家物らしいアバンギャルドな黒鉄のオブジェがライトアップされている。

彼はデッキシューズを脱ぎ、シューズクローゼットに無造作に入れる。いつも彼がはいている革靴が、きれいに磨《みが》かれて並んでいるのが見えた。

「どうぞ」

スリッパなんか出さないところが、独身男性っぽい。彼は、裸足《はだし》のままスッと上がる。

「失礼します……」

靴下の僕が、こわごわついていく。

しかし、格好いい玄関だなあ。

廊下の途中に、トイレとバスルームらしきドア。オブジェをはさんで右と左に、それぞれ部屋が、あるらしい。

彼は、左側に続くドアを開け、僕を先に入れてくれる。

「うっ！」

玄関で驚いている場合ではなかった。

庶民《しょみん》の僕には、想像もつかないほど広々とした吹き抜けのリビングは、東京湾の側から運河の方まで、アールを描いた全面ガラス張りだ。

窓からは、夜明け前の薄闇の東京湾。霧《きり》にかすむレインボーブリッジ。

壁はコンクリートの打ちっぱなし。床は艶のある大理石で、暗い空を一続きに映している。

まるで、暖かみのある鏡の上に立ってるみたい。

L字型に並んだ黒革のソファーセットは、デザイナーものらしい、優雅な曲線を描いている。

窓と反対側にあたる一段上がったところにあるキッチンと、リビングは、艶の無いシルバーのトップがついた、曲線を描いたバーカウンターで仕切られている。

リビングの奥には、玄関と同じ作家の作品らしいオブジェがいくつも並んでいる。

黒鉄を打って作られたそのオブジェは、アヴァンギャルドだけど、どこかプリミティヴな感じがする。一度見たら忘れられない、強烈な印象があって、すごくいい。誰の作品なんだろう。

キッチンの上は、広めのロフトスペースになっているらしい。黒いパンチングメタルのステップが続いている。

モノトーンと、艶のないステンレス・シルバーしかない、研《と》ぎ澄《す》まされたシンプルな空間。それが閑散《かんさん》とした感じに並んで、男っぽいストイックなイメージにまとまっているのは、計算された石の質感と、まさに彼のセンスなんだろうな。

彼は、その調和を乱すものは、読みかけの雑誌ひとつ、シリアルの箱ひとつ、許さない。

でも、そういうこだわりを、僕は嫌いじゃない。

「格好いい……すごくいいお部屋ですね。だけどここって……」

僕は、つい、おそるおそる聞いてしまう。

「家賃、すごくないですか」

キッチンに入ろうとしていた彼が笑って、

「親の持ち物だから、大丈夫。タダだよ」

お金持ちの家の息子さんなんだな……お父さんが建築家だって聞いた気がするけど……。

どっちにしろ庶民の僕とは、住んでいる世界が違う。

「コーヒーと紅茶、レモン・ペリエ。何がいい？」

キッチンスペースで、冷蔵庫を開けていた黒川チーフが聞く。寝不足の僕は、

「すみません、コーヒーをいただいてもいいですか？」

明かりは、わずかな間接照明を残して、消されたままだった。

部屋は、夜明けの空と同じ、うすいブルーの中に沈んでいる。

黒川チーフがコーヒーの豆を挽《ひ》きながら、手をのばして、キッチンのライトをつける。

そこだけ暖かい光に包まれたキッチンは、やはり白とステンレスシルバーで統一されていて、シミ一つない。

アレッシィのシンプルなケトルをコンロにセットして、黒川チーフが振り向く。

「どうぞ、すわって」

ソファーを指さす。

僕はこわごわソファーにおちつく。上等な黒革の手触りが、心地《ここち》いい。

窓からは、朝もやにかすむ東京湾。

静かに呼吸しているかのように、ライトを明滅《めいめつ》させるレインボーブリッジ。

目の前いっぱいに広がる夜明けの空に、薄明りの赤紫と濃紺が、綺麗なグラデーションを描いて、光の帯を作っている。

消えかけの星の間に、半透明の月がうっすらと浮かんでいる。

寝不足のぼんやりした頭の僕には、目の前を天使でも横切っていきそうに、美しい。

「空中の豪邸《ごうてい》だ……格好いい」

僕は、感激して呟く。

まさか庶民の僕が、こんなブルジョワの人と知り合いになれるなんて。

コーヒーの、とてもいい香りがする。

窓ガラスに、黒川チーフの姿が映っている。ていねいな手つきでコーヒーを淹《い》れてくれている。

背が高くて、凜々《りり》しい立ち姿。うつむいた端正な横顔。

こんな人が、僕のことを……そうだ、落ちついてる場合じゃないんだよ。

MASAKI・9

何かが欠けた形で完成され、なんの暖かみもない俺の部屋。俺の内部のようなそこに、晶也が居るだけで、すべてが違うような気がする。

コーヒーのカップを彼の前に置いて、

「君の話を、聞かせてくれないか」

茶色の目の色によく合った、晶也のメイプルシロップ色のシャツ。

黒いコートをはおって、まだ暗い桟橋に立っている姿を窓から見つけた時、俺は年甲斐《としがい》もなく、泣きたいような気持ちになった。

彼が好きだ。

彼を傷つける全てのものから、守ってやりたい。

それがたとえば自分だとしたら、俺は自分自身を彼の前から消し去るしかない。

「僕は……」

手に持ったマグカップを見つめ、晶也は言葉を探すように、ゆっくりと話しだす。

「あなたが、嘘をいったりごまかしたりせずに、話してくれたことに感謝しています。すごく、勇気のあることだと思うし……キスしていいかは、別として」

もう怒ってはいないと言うように、クスリと笑う、あのさんご色の唇。

「あなたの、その男っぽいところとか、こだわって妥協《だきょう》を許さない仕事とか、自分の美意識にストイックなほど忠実なところとかが、僕は……好きです」

ああ……彼はただの、会社の部下じゃないか……自分に言い聞かせる。

なぜ、こんなに動揺してしまうんだ。

「あなたの、背が高くてスーツが似合うところも、落ちついて話してくれる低い声も、優しい目も、その美しい指も、僕は……」

言葉を切った晶也は、顔をあげて窓の外をぼんやりと見つめ、

「……ああ、何を言ってるだろう……」

と、つぶやく。

晶也の横顔が、うすやみの光に、浮かびあがって見える。

まつげの長い二重の目。素直な鼻梁。上唇が子供のようにすこし波打った口元。小さく整った形のあごから、首にかけての完璧なライン。

「お聞きしていいですか？」

晶也が、突然、俺を振り向いた。吸い込まれるような、強い視線。

「僕なんかに、愛してるって言ったのは、どうしてですか？」

からかったのなら許さない、という表情。

昨日、俺に不愉快だと言った、あの時の顔をしている。

彼が、人当たりはいいが芯の強い、そして、高いプライドを持った人間であることを知っている俺には、彼の気持ちが理解できる。

そしてもう、ごまかすことはできない。

「それが、俺の、本当の気持ちだからだ」

彼は、うろたえたように目をそらす。白い頬が、みるみる朱に染まる。

「僕には、そんな価値はありません。こんな奴の一体どこを好きと言ってくれるのか、僕には理解できません。だいいちあなたは、僕のことをほとんどご存知《ぞんじ》ないはずです」

自己卑下《ひげ》とプライドの間で揺れている、彼の気持ちがわかる。そして、混乱とおびえ。

けれど、彼は逃げずに、俺を理解しようとしてくれている。

きっと、できるだけ傷つけずに、俺に……断りの言葉を言うために。

AKIYA・10

黒川チーフが突然立ち上がり、僕は焦って後ずさる。

「コーヒーのおかわりは？」

無表情に聞かれる。僕は、再び赤面して、

「すみません……いただきます」

……ああ、一体何をやってるんだ、僕は。尊敬してます、でも、お気持ちには応えられません。そう言って、さっさと帰ればいいんだ。なのに……。

僕はもちろん、ゲイじゃない。

美大の学生だった頃に、サークルの男の先輩に強引に押し倒されたことがある。

その時の僕は、屈辱《くつじょく》と嫌悪で我を忘れ、彼を画材の入った工具箱で殴ってしまった。

でも、今の僕の心は複雑だった。

……彼を傷つけることはしたくない。彼のことをもっと知りたい。彼の声をもっと聞いていたい。

……ああ、どうしてこんなふうに思ってしまうんだろう……？

「どうぞ」

すぐそばで彼の声が響き、僕は驚いて思わず飛び上がる。

彼は苦笑して、マグカップをテーブルに置く。

ソファーのL字をはさんで、礼儀正しく、ひざが僕に触れない位置まで離れて座る。

……もっと近くに来て、僕に触れてもいいのに……いや、違うって！

「君のどこが好きか、だっけ？」

……うわ……僕は、何てことを聞いてしまったんだろう。

「君を知ったのは、ちょうど、一年前かな」

……一年前？　彼が初めて、視察で日本支社に来たのは、半年前だよ？

「俺は、大学を出てイタリアに渡った。日本のデザイン業界を見下していた。特に、ジュエリー業界をね」

……無理もないだろう。学生の頃から、海外で賞をとってた人だもんね。

「人を蹴落として入社し、人を蹴落として、アントニオのサブチーフになった。俺は、そういうタイプの人間なんだ。自分は誰にも負けたことがない、と思い上がっていた」

そんなふうには、見えないけど。まあ、彼くらいセンスがあったら、僕だってそう思うかもしれない。プロのデザイナーなら、多かれ少なかれ、そんな気持ちは持ってるだろう。

黒川チーフは、誰の前でも紳士的だ。それだけでも尊敬に値《あたい》する。

部下の前だと急に横柄《おうへい》になる人だって、多いんだ。誰とは言わないけど。

「君のギリシャ・コインシリーズ。もちろん覚えているね」

『ヴォーグ・ジョイエッリ』にとりあげられた、あのシリーズだ。

「あれは、何かの間違いなんです。編集部の人が、いい加減に載せちゃったとか……」

僕は、うんざりして言った。また自己嫌悪になりそうだ。彼くらい自信があって、センスも良ければ、こんな言い訳しないで、堂々としていられるのに……。

実際、雑誌に載るくらい、彼にとってはめずらしくもないことだし。

「あそこの編集長を、知っている。彼女が直々《じきじき》に差し替えを申し出てきた。それまで、そんなことは、一度もなかったのに」

……え？

「そして、その作品を見たとき、俺は生まれて初めて……負けたと思ったよ」

静かな声。

「アキヤ・シノハラ。俺は、その名前を頭に刻《きざ》みつけた。そして、本社の資料室でその男の作品、全てを調べ上げた。あのセンスが偶然だったら、許さないと思った。俺の心をこんなに捕えておきながら……」

黒川チーフの目は、初めて見るほど、厳《きび》しかった。

「だが、彼のデザインには、一点のスキも無かった。日本支社の仕事だから、原価は、もちろん低い。ほとんどアクセサリーに近い物も多い。にもかかわらず彼のラインは完璧に美しかった。イタリア本社の連中がバカにして相手にしないような低額の商品においてさえも、彼のラインは完璧だった」

僕は、金縛りにあったみたいに、動けなかった。

「アントニオの日本支社視察に、俺は同行を申し出た。俺を敗北させた、アキヤ・シノハラという男を見極めるために。きっと、俺と似たような男だと思っていたよ。作品の優美さは、ただのつくり物で、本人は、技巧《ぎこう》の裏に醜《みにく》い内面を隠した、傲慢《ごうまん》な、冷徹な、デザイナーの中のデザイナー」

黒川チーフの目が、僕を見つめた。

「……でも、君は違っていた」

彼は、言葉を切る。僕をまるごと包みこむような、優しい目。

「初めて俺に会った日のことを、覚えている？」

「あっ、はい、それはもう」

しまった。彼も覚えていたか。あの時のことは、今でも悠太郎のギャグのネタだ。

「敵意むきだしでデザイナー室に踏み込み、自己紹介をした俺のところに、まだ若いデザイナーが、近付いてきた。大切にしていたらしい、ガヴァエッリの作品カタログを差し出し、そして……」

ああ、やばい……。

「俺の特集ページを開くと、いきなり『サインください』」

思わず頭をかかえる僕を見て、彼がクスリと笑う。

僕は、蚊《か》のなくような声で、

「すみません。あなたの作品が、好きだったもので……つい……」

「例によって、森悠太郎が飛び出してきて『すいません。あきや、はずかしいからやめろ』」

……はい、忘れてません……。

「俺は初めて、探し求めていた男が、彼だったのを知った。……アキヤ・シノハラ。茶色の目の、ひとなつこく笑う、この青年が」

黒川チーフは、その時の僕を思い出すように、少し遠い目をして、

「彼は、俺が挑戦のつもりで着けていたギリシャ・コインシリーズのカフスに気がついて、目をキラキラさせた」

ああ、あの時は嬉しかった。だって憧れてた作品を描いていた人がいきなり現れて、それがまた、すごいハンサムで、しかも、僕のデザインしたカフスを着けていてくれたんだ。

「自分の大好きな作品を着けてくれている人に会えて嬉しい、感動した、と言って少し涙ぐんで笑った。そして俺は悟《さと》った。彼は、俺のようなデザインするマシーンとは違う……俺が、ずっと昔に忘れ果てていた、自分の作品が形になる感動、それを着けてくれている人がいる喜びが、彼の創作を支えている」

僕はうなずいた。そのためなら、何時間残業したっていい。

「そして、自分のセンスを信じる心、美しいものを愛する心を、まるで真珠母貝《しんじゅ》が真珠をつくるように苦しみながら、完璧なラインに凝縮させる。君は……」

黒川チーフは、泣きたくなるほど優しい目で僕を見つめた。

「俺が失っていたものの、すべての結晶だ」

僕を見つめたままの彼が、独り言のような静かな声で、

「……そしてそれに気付いた時には、もう俺は恋に落ちていたよ」

彼は、言葉を切った。

夜が明け始めた都会の喧噪《けんそう》も、ここには届かない。

時計の音さえもない無音の空間で、僕らは見つめあった。

彼の切ない気持ちと優しい言葉が、ゆっくりしみてくる。

誰にも評価されなくてもいい。自分の目の前にある、その作品を愛そうとしてきた。

僕のできる精いっぱいで、美しくしてやろうと思ってきた。

デザインすることを職業にするのは、決して楽しいことばかりじゃない。

作品を生む苦しみ、それにプロとしてのプライドとを、お金と交換するんだ。

自分のセンスと他人の評価との間で、いつも迷い、戦いつづけてる。つらいにきまってる。

でも、僕は……。

目の前のこの人は、その間ずっと、遠くから見ていてくれた。

この優しい目で、時には、厳しい視線で。

誰にもわからない、自分一人だと思って苦しんできた間、ずっと見守ってきてくれた。

遠くで。それから、すぐ近くで。

「黒川チーフ、僕は……」

出てきた声は、情けなくかすれていた。

彼は一瞬、どこかが痛むような顔をし、すぐに晴れ晴れと笑った。

「君に聞いてもらってよかった。何かさっぱりしたよ」

僕の言葉をさえぎったまま、立ち上がる。

MASAKI・10

俺は、晶也《あきや》の言葉をさえぎったまま、立ち上がった。

決定的な言葉は、やはり聞きたくない。

彼の『好きだ』と言った声だけを、耳に刻《きざ》みつけておきたかった。

きっと、もう大丈夫だ。俺は欠けた心のまま、生きていけるだろう。

それが彼を、苦しみから守るためなら。

「昨日は、本当に申し訳《わけ》ないことをした。もう、あんなことはしない。約束するよ」

キッチンに向かうふりをして背を向けたまま、精いっぱいの明るい声で、俺は言う。

「君の、サイン事件のようなものかな。お互い、忘れたほうがいい」

「あなたは……」

晶也のかすれた声に、耐《た》えきれずふりむいてしまう。

晶也は、どこか不安をおさえているような顔で、

「あなたは……それでいいと思うんですね」

「もちろん」

早すぎるタイミングで、俺は答えた。

君は君の恋人と、幸せになるべきだ。

「今まで通り、いい上司と部下でいよう。ただ……」

俺は、笑うことに成功する。

「二人きりの食事は、もうやめよう。この部屋にも、二度と来ないほうがいい。今度、一人でここに来たら、何をされてもいい、という意味にとるよ。俺がそういう男だということを、覚えておいたほうがいい。……君は、本当に無防備すぎる」

俺は、手をのばして、晶也の髪にそっと触れた。

彼はもう、おびえなかった。何か言いたげに見上げてくる。

さらさらと指をすりぬける艶《つや》やかな髪。清潔《せいけつ》に洗われた猫のような手触り。

ずっと触れていられたら……だが君に触れることが許されるのは、これが最後だ。

「君の作品に、これだけ心酔《しんすい》した男がいたことは忘れないほうがいい。長い人生、少しでも励みになってくれたら、俺はそれだけで幸せだ」

さて、と言って、俺は時計を見る。

「君の部屋のザコ寝の連中が、そろそろ起きる頃じゃないかな」

晶也が、慌てて立ち上がる。

「彼らと、それから、ほかのメンバーにも連絡して欲しいのだが」

「はい」

「あのルビーのことだが、全員、強制参加ということになった。副社長命令で、依頼扱いだ。今持っている依頼は、全部中断する」

「え、本当ですか？」

「詳《くわ》しいことは、月曜の朝、会議をひらいて伝《つた》える。水曜に、アントニオ・ガヴァエッリの前でプレゼンテーション。金曜が〆切。各自、今日明日の休み中で、資料収集とおおまかなラフを仕上げておいて欲しい」

「ええっ！」

晶也が叫ぶのも、無理はない。

「買った分の資料の請求は、俺に回してくれていい」

「依頼になったのなら、コンセプトは、どうしますか？」

晶也は、デザイナーの顔になって聞く。

「オーソドックス・ガヴァエッリスタイル。イタリア本社の連中に、日本のデザイナーにもできるってところを、見せてやろう」

晶也は、あの日のような、光る瞳になってうなずいた。

「わかりました。やってやりましょう」

入ってきた時とは別人のような勢いで、玄関に向かう。

「まず、図書館と洋書屋をチェックして……会社の資料室は？」

「開けるように電話しておく。少し待ってくれ」

俺は、玄関から向かって右側のアトリエに続くドアを開け、本棚の中から、晶也の作品傾向に合いそうな資料を何冊か選び、手近な紙袋に入れる。

靴をはいて待っていた、彼に手渡す。

「ほかにも何かあったら、月曜に車で持っていこう。とりあえず、基本的なものだけ」

「ありがとうございます。あの……」

茶色の目が、俺を見上げる。

「僕との件で、イタリア本社に帰るとか、言いませんよね？」

俺は苦笑して、

「さあ。とにかくこの仕事は成功させたい。君も、頑張ってくれるね？」

「はい、頑張ります！」

晶也は、力強くうなずいて、ホールに踏み出す。

そして、片手でドアを押さえたまま、ふと振り返り、

「あの、二人で食事をするのは、本当にもう……ダメですか」

真顔で聞く彼に、うなずいてみせる。

「やめておくよ。送らなくていいね？」

晶也は言葉を探すように、一瞬、俺を見つめ、

「……はい。あの……さよなら……」
ふと不安気に揺れる彼のまなざしを断《た》ち切るように、俺はドアを閉める。
そして、たまらなくなって、すがりつくようにドアにもたれかかる。
今なら、まだ間に合う。
ドアを開け、抱きしめて、キスをして、行かないでくれと言う。
ベッドまで抱いていって、めちゃくちゃにして……そして、俺を刻印してしまおう。
二度と俺に、さよならなどと言えないように。
微かに、エレベーターの到着した音がする。
彼はそれに乗り、苦しみも後ろめたさもない、普通の生活に戻っていくだろう。
俺とガラスの壁をへだてた、普通の生活に。
「……さようなら、晶也」

ＡＫＩＹＡ・11

僕は、朝の日課のコーヒーを飲んでいる。

目の前には、土、日曜で集めた資料と、そのカラーコピーの山。

クロッキー帳を広げて、手は勝手にラフを描き続けているけれど、僕は上《うわ》の空だった。

店員の『いらっしゃいませ』という声がするたびに、目をあげて、探してしまう。

あの、頼りがいのある背中、彼の姿を……。

もう、あと十分しかない。どうして、今日は来ないんだろう。

彼を、一目でも見たい。

彼は日本に来てから、毎日、ここに来ていたのに……。

目が合ったことも挨拶をしたこともないから、多分、僕がいることには気づいてないと思うんだけど。

「いらっしゃいませ！」

また声がして、僕は目を上げる。……違う……。

会社に入れば、会えるのはわかっている。でも、そうじゃなくて……。

彼の背中を見るのは、僕にとって、大切な朝の日課だったんだ。

どんなに仕事がいやな朝でも、彼を一目見るだけで、僕は席を立って歩きだすことができた。

彼が来ない。

それだけで、この不安な気持ちは、何だろう。

「いらっしゃいませー」

……違う。

始業、五分前。

僕は、上に荷物をのせた本の山をかかえ、脇にクロッキー帳をはさんで、店を出る。

もしも今、彼が一緒だったとしたら、きっと優しく笑って手をかしてくれ、きちんとドアを開けてくれるだろう。

会社の受付の前を通り、もう誰もいないエレベーターにのりこむ。

ボタンを押そうとした拍子《ひょうし》に本の山がくずれ、載せていたカラーコピーがエレベーターの床に散らばる。

……ああ……

僕は拾おうとして、そのまま座りこんでしまう。

この、どうしようもない心細さは、いったい何なんだろう……。

僕らは、デザイナーズフロアにある、ミーティングルームに集合していた。

皆の目の前には集めた資料の山が築《きず》かれ、ミーティングテーブルいっぱいに、カラーコピーが散乱している。

会議室とは違って実用一点張りの、この部屋。

テーブルとスチール椅子、資料と雑誌の詰まった本棚があるだけのこの部屋で、あの日、彼の腕の中にいた。

あの甘い痺《しび》れを思い出すだけで、気が遠くなりそうだ。

「おまたせしました」

ドアが開いて、山のように資料をかかえた黒川《くろかわ》チーフが入ってくる。

手伝っている広瀬《ひろせ》君と柳《やなぎ》君の押している台車にも、本が山と積まれてる。

いったいこの人、何冊、資料持ってるんだ。しかも洋書の豪華装丁《そうてい》のやつばっかり。

これだけでも、彼の経験の長さと、研究熱心なことがわかる。

彼は、僕のほうなんか見ようともしない。

僕はまた、漠然《ばくぜん》とした不安な気持ちにつかまって、顔から血の気がひいていってしまう。

「あきや、大丈夫？」

隣に座ってラフを描いていた悠太郎《ゆうたろう》が、僕の顔をのぞきこんで言う。

「今朝から、お前、顔色悪いよ。貧血？」

「……大丈夫」

きっと、ただの寝不足だ。だってもう、あれからほとんど眠れないんだ。

「篠原《しのはら》君」

黒川チーフの声。なんだか、冷ややかに聞こえる。

僕は、なぜだか顔を上げられない。

「身体《からだ》には、気をつけてくれ。これから一週間は、修羅場《しゅらば》だよ」

「申し訳ありません。……大丈夫ですから」

彼の視線を感じる。でも、すぐに逸《そ》れる。

「君達に、説明しなければならないことがあります」

よく響く、頼りになる口調。ああ……僕は、彼の声が好きだ。

「今回、強制参加になった理由についてですが……」

突然、ミーティングルームのドアが開き、入ってきたのは、あの、アントニオ・ガヴァエツリ副社長だった。

皆、呆気にとられている。

今日も、仕立てのいいスーツを一分《いちぶ》のスキもなく着こなした彼は、この間とはうって変わった厳《きび》しい表情で僕らを見渡し、黒川チーフに向かって何か言う。

黒川チーフは、うなずいて、

「副社長から、直接説明があります」

僕らは、緊張して姿勢を正す。

これはただごとじゃないな。

ガヴァエッリ氏は椅子にも座らず、僕らを厳しく見ながら、早口のイタリア語で話す。

訳していく黒川チーフの声も、真剣だ。

「これは、ただのコンテストではない。その理由を説明する。これはまだ極秘《ごくひ》事項なので、デザイナー室以外の人間に、他言は無用なことを覚えておいて欲しい」

こりゃ、マジでただごとじゃなさそう。

「日本支社デザイナー室の撤廃《てっぱい》案が、本社の方から出ている。この仕事で実力を示さない限り、君達は、全員解雇《かいこ》だ」

……う……そ……。全員クビ？

僕らは声もなく、おたがいに顔を見合わせた。

「……オレ達の……」

悠太郎が、うめくように言う。

「……オレ達の存在価値って、その程度なのかよ……」

いつも皆の胸にあった不安が、現実になってしまった。

誰も僕らに期待していない、誰にも認められていない、僕らは誰にも必要とされていない……。

「これって、脅しですか。それとも、リストラの口実《こうじつ》なんですか」

「ゆ、悠太郎、やめなよ……」

僕は、あわててとめる。

直情型の悠太郎は一度キレると、歯止めがきかない。返答次第《しだい》では、この場で自分から辞《や》めてやる、とでも言い出しかねない。

ガヴァエッリ副社長は、鋭い視線を僕らに向けて、

「言ったこと以上の意味はない。まだ会議で通ったわけではないので、もう一人の副社長マジオ・ガヴァエッリの個人的な意見にすぎない。だが、このままもし会議に出したとしたら、イタリア本社の目先しか見えない重役達は迷いもなく賛成するだろう。しかし」

ガヴァエッリ氏は言葉を切って、僕らを見渡した。

さすが、副社長をやるだけあって、すごい迫力……。

「私は、日本支社デザイナー室の撤廃には、反対だ」

手近な椅子を引き寄せて座る。僕らと同じ高さの目線。

「君達の仕事の全ては、本社の資料室で調べさせてもらった。私は、君達のうちの一人として、解雇させるつもりはない」

僕らは、全員、アントニオ・ガヴァエッリ氏の端正な顔から、目を離せなかった。

「君達には、私から頼みたい仕事がある。目先の人件費などのために、それを妨害《ぼうがい》されるわけにはいかない」

「……でもイタリア本社には、オレ達よりもっと歳も上で、才能もあるデザイナーが、いっぱいいるんでしょう？」

悠太郎が、戸惑《とまど》いがちに言う。そう。経験も才能も、きっと僕らなんて足元にも及ばない。

「才能？」

ガヴァエッツリ氏は、眉《まゆ》をつりあげ、皮肉な笑いをうかべた。

「そんなものは、デザイナーには必要ない。私達は、ピカソやシャガールになろうとしているわけではない。イタリアの彼らは、それをもう忘れてしまっている。巨匠《きょしょう》は自分のために絵を描く。デザイナーは、それを欲しいと思ってくれる、まだ見ぬ誰かのために絵を描く。そのことを忘れた者は、もうデザイナーとは別の何かだ。……君達は、まだそれを忘れてはいないね？」

ミーティングルームに、午前中の業務の終了ベルが鳴る。

ガヴァエッツリ氏は、肩をすくめて、

「君達に必要なものは、時代に合った感性、高い技術を得るための努力、ジュエリーに対する情熱、それから、昼食だ」

アントニオ・ガヴァエッツリ氏は、白い歯を見せて笑うと、立ち上がった。

「君達には、私の副社長生命を賭《か》けている。頑張ってもらわないと困る。健闘《けんとう》を祈《いの》ってランチは、私のおごりだ。ついてきなさい」

僕らは席を立ちながら、顔を見合わせる。悠太郎も、毒気を抜かれたように呆然《ぼうぜん》としてガヴァエッリ氏と、黒川チーフのあとについていく。

「Ｈｕｒｒｙ　ｕｐ！」

ガヴァエッリ氏が、エレベーターの扉を押さえて、英語で叫んでる。

走り出しながら、僕らは誰からといわず笑いだした。

……なんか、へんな人。憎めないけど。

MASAKI・11

全員の目の輝きが、変わった。

アントニオは、普段はただの皮肉屋の変わり者だが、こういうときの不思議なカリスマ性は、賞賛に値《あたい》する。

正直言って、俺には自信がなかった。

彼らの会社組織に対する不信感は、そんなに簡単に消しされるとは思えなかったからだ。

その責任の一端は、多分、俺にもあるが。

アントニオが選んだのは内装はしゃれているがカジュアルな店で、デザイナー室のメンバー達は、リラックスして楽しんでいる。

アントニオは俺に訳させながら、ルビーの原石を探してジャングルに分け入った話をしている。

さっきまであんなにかみついていた悠太郎が、

「格好いい！　インディ・ジョーンズみたいだ！」

フォークをふりまわして大喜びしている。

俺の向かい側に座った晶也も、サンドイッチを食べながら、にこにこしている。

今朝は彼を見るのがつらくて、朝のコーヒーを飲みに行かなかった。

そして、始業時間ぎりぎりに入って来た彼を見て驚いた。

いつもは綺麗《きれい》に透き通った白い肌の顔が、今朝は血の気《け》を失っていて、見るからに具合が悪そうだった。足元も少しふらついていた。

だるそうに髪をかきあげて、目をそらしたまま俺に挨拶《あいさつ》する彼を、呼び止めてしまいそうになった。

もう俺は、彼とは何の関係もない人間だ。単なる上司と部下だ。

そう自分に言い聞かせないと、呼び止めて、抱きしめてしまいそうだった。

俺をこんなに心配させないでくれ、とひざまずいて頼んでしまいそうだった。

ミーティングルームでやっと声をかけたが、晶也は、無表情に答えただけだった。

そうだ。俺は、彼に避けられるだけのことをしたのだから、しかたない。それはもういい。

ただ彼が悲しい顔をしたり具合が悪そうだと、俺は心配で気が狂いそうになる。

晶也が笑ったまま、ふっと俺のほうを見る。

俺は、つい笑い返してしまう。

君の具合が良くなって、よかった。

晶也は一瞬、とまどったような顔をしてから、いつもの癖《くせ》の、甘えたような目をして笑う。

「味見したいんですか？　でも、あげませんよ。これから一週間は、体力が勝負ですから」

自分の皿を守るふりをする晶也の、両手首をひとまとめにしてつかむ。驚いているスキに食べかけのほうのサンドイッチをいただく。

「うわー、信じられません」

奪い返そうとする晶也の、手が届く前に口に放り込む。

君と、最後の間接キスだ。

「俺は上司なんだから黙ってよこしなさい」

「食べ物の前に、職位なし！」

俺の皿のホットサンドをかすめ取って、バクバク食べている。

それは、俺の食べかけだよ。

君と二度も、間接キスをしてしまった。

アントニオが、あきれて苦笑しながら、

『じゃれあってる……君達は、一体、いくつなんだ』

晶也の隣の、悠太郎もあきれて、

「二人とも、一体、いくつー？」

それからの数日間は、僕らにとって、入社以来初めての修羅場だった。

皆で、東京の書店中を走り回るようにして資料をかき集め、図書館では、アンティークジュエリーからイタリア建築の本まで借りまくり、徹夜あけのボロい格好のままで、銀座の高級ジュエリーショップに踏み込んでは、ハイケースばかりを覗き込んで、顰蹙《ひんしゅく》を買った。

黒川チーフは、自分の超格好いいラフを描きまくりながら、僕らのラフスケッチをチェックし、ボツの山を築き、そして的確な指示を与えてくれた。

田端《たばた》チーフまで、チェックの列に並んでいるのがおかしかった。

卒業制作以来だ、と言いながらの連日の徹夜。でも、僕らは不思議に充実していた。クビになるのがこわいわけじゃない。不景気だって、食べていくくらいなんとかなる。

でも、一応自分が籍《せき》をおいていた会社から、こんな形で追い出されるのは悔《くや》しかった。

それにやっぱり、単純だとは思うんだけど、ガヴァエッリ氏や、そして黒川チーフの言葉は、僕らにとっては何より嬉《うれ》しかった。

僕らの作品を見て彼らは信頼してくれた。僕らは必要とされている。

そんな言葉を待っていたなんて、子供っぽいかもしれない。

でも、プロだからこその、自分の存在価値とひきかえにお金をもらっている者だからこその、不安だったんだと思う。デザインの善《よ》し悪《あ》しは、数字で表せるものじゃない。評価してくれる人がいるかどうかだけが、頼りなんだ。

とにかく、僕らは嬉しかった。

ガヴァエッツリと黒川チーフがいれば、きっと、何とかなる。

大丈夫。僕らは、信頼して仕事をこなせばいい。

単純といえば、僕はもっと単純だ。

だって、黒川チーフにちょっと笑いかけられただけで、こんなにはりきっている。

それに、彼は気づいてないだろうけど、あのとき僕らは、二度も、間接キスをした。

彼は偶然だろうけど、僕はわざと、彼が口をつけたほうをとった。

なぜだろう？　理由はわからないけれど、そうしたかったんだ。

それだけのことで、こんなにはりきって仕事ができるんだから、理由なんて何でもいいか。

……僕って本当に単純かも。

ＭＡＳＡＫＩ・12

晶也の笑顔は、俺を救ってくれる。

中学生ではあるまいし、間接キスくらいで、こんなにはりきっていてどうする。

俺は苦笑しながら、描いていた手を止め、一休みするためにクロッキー帳を閉じる。

デザイナー室ではチェックに追われて、なかなか自分のラフスチッチに手がつけられない。

だからといって、手を抜いたり遅れをとるのは、もちろん俺のプライドが許さない。

結局は眠る時間を削ることになるが、デザイナー室のほかのメンバーも、きっと今頃、同じことをしているだろう。

そう思うと、何か、不思議な気分だ。

自分と同じデザインを志《こころざ》す者の全てを、敵だと思ってきた。

自分は誰にも負けない、と思い上がることだけが、俺を支えていたような気がする。

なのに彼らには、不思議な連帯感を感じる。

俺をこんなふうに変えたのは、晶也……そして、晶也を取り囲む、彼らの存在なのだろう。

俺は、自分のマンションの、アトリエにしている部屋にいた。

リビングほどではないが広さのある吹き抜けで、資料の入った本棚、デッサンのための石膏《せっこう》像、仕事に追われてそのままになっている作りかけの黒鉄のオブジェなどで、雑然としている。

父親が二度目の結婚をして、祖父の家で絵を学んでいた俺が東京の高校に進学するのをきっかけに、彼らと共にここに住むことになった。

これ見よがしな成金《なりきん》趣味のこの部屋は、俺には何もかもが耐え難かった。そして、もっと耐え難いのは、パーティーと称してここに集まる悪趣味な人々。

その内装をデザインした俺の二人目の母親も、やはり厚化粧の、薄っぺらな女性だった。

表面だけを取り繕《つくろ》い、わざとらしい言動で人に媚《こび》を売り、息子の俺にまで色目をつかう。

俺が自分を保っていられたのは、このアトリエで何かを制作している時だけだった。

一年後、彼らがイタリアに引っ越した途端に、俺は絨毯《じゅうたん》も壁紙も取り去り、家具を処分し、内装工事も一からやりなおして、かかった費用のすべてを父親に回してやった。

彼女と父親はとっくに離婚したが、彼らと過ごしたその一年間は、今でも思い出したくない。

俺は父親を軽蔑《けいべつ》し、憎《にく》もうとしたが、俺の中で彼の存在はあまりに大きかった。

俺が父親の幻影から逃《のが》れるには、彼よりも優《すぐ》れた感性を身につけようとするしかなかった。

そして、そのためには、俺は誰にも負けるわけにはいかなかった。

その頃からデザインをまるで勝ち負けの道具のようにしか考えられなくなっていた俺には、晶也の、あの真っ直ぐな気持ちが、とても美しく思える。

彼は取り繕わない。誰かを貶《おとし》めることで自分を優位に立たせたりしない。

自分の内面、そして自分の前に続く道を、綺麗な目で真っ直ぐに見つめている。

そしてそこから、美しいものだけを大切に結晶させていく。

……晶也。君と出会えたことだけでも、感謝しなければいけないな。

彼は、今夜も終電ぎりぎりまで残業し、難しい顔をして帰っていった。

あの顔では、きっとまだ起きていて、ラフスケッチを描き続けているに違いない。

……この同じ夜空の下で。この夜景の向こうで……

俺は目を閉じて、意識を集中させる。頭の中で、出来上がった商品を全ての角度から点検する。

もっと美しい流れ、もっと美しい角度。まだまだだ。もっと完璧に近づける。

ああ、マジオなんかのために描くにはもったいないほど、いいものができてしまいそうだ。

晶也。君も頑張って、俺に負けない、いい作品を描いてくれよ。

……まさか、また、宴会にはなっていないだろうな……？

ＡＫＩＹＡ・13

「もう、だめ。宴会にしようよ」

悠太郎が、こたつに足をつっこんだまま、ひっくり返って言う。

「だめ！　そういうこと言う人は、帰ってもらうよ！」

僕は怒って言う。

「一人でいると寝ちゃうからって、ついて来たくせに。宴会は、この仕事が終わるまで、だめ。明日が、ラフの〆切なんだよ！　わかってるのかなあ？」

「まあまあ。あきやさん、一休みしましょうよ。コーヒー淹れますから」

広瀬君がクロッキー帳から目をあげて、立ち上がる。

「あきやさん、怒るとかわいいっすね。おれのことも叱《しか》って！」

柳君が、笑って言う。悠太郎が、がばって起き上がって、負けずに、

「ヤナギなんか叱るな、オレをもっと叱れ！」

「なんだろうなあ……この人達は……」

僕の部屋には、ゲストが三人。

終電で帰る僕の後について来て、試験前の受験生よろしく、眠らないようにお互い監視しながら真面目《まじめ》にラフスケッチ。

でも、もう夜中の二時を過ぎてる。あとひと頑張りしたら、休まないと。

皆、けっこう連日の疲れがたまってる。完全に徹夜したら、明日は寝ぼけてしまうだろう。

頭がはっきりしない状態で、あの副社長にプレゼンテーションすることを考えると、ちょっと……怖ろしいものがある。

僕は一人で焦りまくってるけど、ラフは黒川チーフのチェックも入って、一応、まとまっている状態だ。

じゃなきゃ、さすがの皆も、こんなに余裕はないだろう。

あとは各自、注意を受けた箇所の直し。それから、プレゼンテーションの説明も考えなきゃならない。ああ、やっぱり焦る。

「コーヒーどうぞ」

いい香りがして、僕の前にコーヒーカップが置かれる。

一瞬の気のゆるみで居眠りしそうになっていた僕は、ホッと一息ついて、顔をあげる。

気が張ってるとはいえ、やっぱり身体は疲れてるみたいだ。

「ありがとう、広瀬君。誰かさん達と違って、優しいなあ」

笑いかけると、広瀬君が照れている。悠太郎が、

「広瀬、頬を染めてんじゃない！　オレだって優しいよ。砂糖入れてやる。十杯だっけ？」

「ああ、やめて。せっかくのコーヒーが、飲めなくなる」

僕は慌ててコーヒーカップをつかみ、悠太郎の手の届かない所で飲む。

「ああ……美味しい。コーヒーを飲むと、目が覚めるね」

こんなことが、最近あったような。

眠くて、ぼけてる僕に、誰かがコーヒーを差し出してくれて……。

「……黒川チーフだ……」

思わず口に出してしまった僕は、皆の視線に気付いて、一気に目が覚める。

「黒川チーフが、どうかした？」

悠太郎は、この間のことがあって以来、彼の名前に敏感だ。視線が冷たい。

「い、いや、あの人とかも、今頃、ラフ描いてるのかな」

彼の部屋を思い出す。あの広々とした空間で、彼は今頃、何をしているんだろう。

「会社じゃ、オレ達のチェックで、あんまり描く時間なさそうですからね」

広瀬君が、しみじみ言う。柳君が、身を乗り出して、

「だけど、見ました？　黒川チーフのラフ。すっごく格好よかった。さすが本場仕込みって感じっすよ。あのルビー入れるなら、やっぱり黒川チーフのかな。あと晶也さんのも、いい

勝負してますけど」

僕のクロッキーを覗《のぞ》いて言う。僕は、あわてて隠して、

「まさか。僕のなんか」

「二人は、ほかの人とはレベル違うもんね。……足ひっぱるとしたら、おれかなあ」

いつも強気の柳君が、ため息なんかついている。悠太郎も、続いてため息をついて、

「ヤナギ、やる気なくなるようなこと、いうなよ。だけど、これって一応コンテストだよね。もし本社を納得させてクビをまぬがれても、一点だけ商品化したら、あとは没《ボツ》ってこと？」

僕らは一瞬考える。忘れてたけど、あのルビーは一個しかないんだよね。広瀬君が、

「それって、きついですね。おれ、自分にしちゃ、けっこういいのができてると思うのに」

「あ、おれだって、自分の今回のデザイン、実は気に入ってるんだけど」

「なんだよ、ヤナギ！　自信なさそうにしたのは、フェイントかよ！」

悠太郎が、柳君にプロレスの技をかけて、締め上げている。僕はコーヒーを飲み干して、

「まずは、この仕事を終わらせることが先決だよ。会社なんてものに負けたくない。こんなことでクビになんかされるのは、プロとしてのプライドが許さないよ」

三人がうなずいてる。いっつもふざけてばかりだから忘れてるけど、皆、プロなんだよね。プロを名乗れる条件っていうのは、お金をもらってるかどうかだけじゃなくて、目の前の仕事に対してどのくらいの責任感をもってやれるか、なんじゃないかな。

会社のためとかいうんじゃなくて、自分のプライドにかけて。

彼らには、ちゃんとわかってる。

やると言ったからには、やるしかないこと。そして……成功させるしかないことが。

◆

そして、問題の水曜日。

アントニオ・ガヴァエッツリ副社長に、ラフをプレゼンテーションする日だ。

僕らは会議室に集合していた。

でも、前に来たときのように遊んでいる余裕はない。

一人残らず目の下にクマを作って、ぐったりと椅子にはまりこんでいる。

「ルビーが、ルビーが見えるぅー」

悠太郎が、目をおさえて、うめいている。

この数日間で描いたラフは、ボツを含めると、数え切れないほど。全員が、自己最高記録を達成したことは、間違いない。

突然、会議室のドアが開き、黒川チーフとアントニオ・ガヴァエッツリ氏が入ってくる。

ランチの時のにこやかな顔とは、うって変わった厳しい表情のガヴァエッツリ氏は、僕らと同じ、デザイナーの目になっている。

僕らが立ち上がろうとするのを手で制して、奥の椅子に腰をおろす。

黒川チーフが、その脇に空《から》の椅子をセットして、

「一人ずつ、プレゼンテーション。田端チーフからお願いします」

黒川チーフのチェックでだいぶ絞《しぼ》り込まれて磨《みが》かれてはいるけれど、アレンジを含《ふく》めると一人、三十型以上のラフを持ち込んでいる。

ガヴァエッツリ氏は、厳しい目でチェックを入れ、黒川チーフを通して、一人一人に長い指示を与えている。

簡単にラフをピックアップするだけかと思ったのに、忙しいこの人が、こんなことをするなんて前代未聞《ぜんだいみもん》だろう。

彼は、できるだけのことをしてくれようとしているんだ。

「次、篠原君、ここへ」

呼ばれたのは、もう、昼をとっくにすぎた頃。

プレゼンの言葉を何度も口の中で繰り返していた僕は、慌ててラフをつかんで立ち上がる。

ぎこちなくおじぎをして、椅子に座る。

副社長と黒川チーフに挟まれて、あまりの緊張に声が震える。

黒川チーフが通訳する言葉にうなずきながら、副社長の手が、僕のラフをめくっている。

僕が今回、イメージした女性のドレスは、クラシカルなレースの白。

地金は、K18。

首に張り付くドッグネックタイプのチョーカーで、脇石は、マーキーズカットのダイヤが中心だけど、どちらかと言えばダイヤのカラット数より、ガヴァエッリ独特の彫金《ちょうきん》技術を駆使《くし》した、細かい細工《さいく》が特徴だ。

最近流行のごついイメージのチョーカーではなく、女性の首の美しさを強調するように、とラインに気を使った。

少しクラシカルで、着けた女性が、女王様ではなく淑女《しゅくじょ》に見えるようなイメージ……なんだけど伝わってるかな……。

ガヴァエッリ氏は、黙って腕を組み、ラフを見つめる。

ほかの人の時より長い沈黙に、僕は、冷や汗を流す。

ああ……全部ボツかなー……自分では、けっこう、気に入ってたのもあったんだけど……。

突然、ガヴァエッリ氏が、胸ポケットから製図用のシャープペンシルをとりだす。ラフの一つに丸でチェックを入れ、細かい断面図や横図を描きだす。

黒川チーフが通訳してくれる構造に関する指示を聞きながら、僕は感動していた。

……ああ……いちばん気に入ってたデザインを選んでくれた。

そして構造についてよく知らない僕に説明をしてくれる、彼の線のただ一本一本は、本当に美しかった。

……いい。すごく、いいのができる。

興奮のあまり顔を赤くしている僕を、ペンを置いたガヴァエッリ氏が見つめる。

フッと笑って黒川チーフの顔と見比べ、僕の肩に手を置く。

しばらく長いイタリア語が続く。

黒川チーフは、通訳してくれずに黙ってしまう。

僕がうながそうと見上げると、やっと、

「頑張るように、だそうだ」

妙に短く、なぜか怒った声で言う。

何か、だいぶ省略したような気がするけど。

MASAKI・13

「はっきり言って、あそこまでやるとは思わなかった」

アントニオの感想は、こうだった。

デザインに対する評価の非常に厳しいアントニオは、めったに人を誉《ほ》めない。

めずらしいこともあるもんだ、と思っていると、

「ただし、ラフスケッチの段階では、だ。清書では、あのへたくそな絵をなんとかさせろ」

眉をしかめて怒っている。

「素人《しろうと》のマジオには、通用しないぞ」

素人であればこそ、絵の技巧《ぎこう》に惑わされる。デザインを理解している者は、その先の善し悪しまで見抜ける。アントニオにしか見せないこの段階では、だからチェックしなかったのだが。

「それは、俺がなんとかさせます。それより問題なのは……」

「構造に関して、理解していない者がいる。それも君の責任で、なんとかさせろ。イタリア本社の職人の目は厳しい。いい加減に描いたら、わかっていないのを、すぐに見抜かれるぞ」

「構造に関して、理解していない者がいるようだ。今から呼ぶメンバーは、銀座のガヴァエッリ本店まで付き合ってもらう。金庫で商品を見ながら、特別講義を行う」

俺が言うと、悠太郎が笑いながら、

「誰だ、わかってないの？　だめだよ、いい加減に描いちゃ！」

「まず、森《もり》君」

「あ、なんだ、オレかよ。格好悪すぎ」

悠太郎が照れながら、荷物を持って立ち上がる。

「それから、篠原君、広瀬君、柳君」

晶也が、舌を出しながら、

「やばい。昨夜のメンバー、全滅だ」

晶也の影響か。この四人は、格段に凝《こ》った構造のものを描いて来た。レベルも高い。

「チョーカーの、しかも構造の難しいものを描いたのが、運のつきだったね」

四人を引き連れて部屋を出ながら笑いかけると、晶也は甘く笑い返して、

「よくわかってなかったの、ばれちゃいました。でも、特別講義はちょっと嬉しいです。勉強になる」

俺達五人は、銀座のガヴァエッツリ本店の金庫室にいた。

金庫といっても、ワイン倉《ぐら》に似た感じの、広いスペースだ。両側の棚には、ガラスのケースに入った商品が並んでいる。超高額品は、ショーケースに入れる分しか店舗に出すことはしない。

あとは、お客の要望に応えて、金庫から出す。四人は、ここに入るのは初めてだ。

「……すごい。美術館みたい……」

晶也は、ケースを覗きながら呟《つぶや》く。

「これ、黒川チーフのデザインですよね。あ、これとこれも……いいなあ、やっぱり好きだなあ」

商品じゃなく本人に言ってくれると、もっと嬉しいんだけどね、晶也。

「黒川チーフ、これって本当に室内から開くんですかあ？　それともオレ達、ここで死ぬんですか？」

悠太郎が、パニックになって扉を開けようとしている。俺は、ケースの鍵を開けながら、

「やる気がないのなら、俺の手でそうしてあげてもいいいんだよ」

急に四人が動きだして、あわてて椅子に座ると、メモを広げている。

俺は、あのスタールビーと、チョーカーを数本、ケースから出して見回す。

……モデルがわりの、ネックレススタンドがない。

「篠原君……悪いが、モデルになってくれないか？」

晶也は、目を丸くして、

「ええと、僕、ですか？」

「広瀬君でもいいけれど」

晶也以外の三人が笑う。悠太郎が、晶也の首を締めるようにして細さを確かめて、

「まともに金具を留《と》められるのは、この中で晶也だけだよ」

女性ほどではないが、晶也の首はすんなりと細い。そして、半端な女性よりよほど美しい。

自覚のない晶也は、あきらめたように笑って、

「皆のために我慢する。あとで気持ち悪いって言っても知らないよ」

上着を脱いで、空《あ》いている椅子に掛ける。ネクタイをほどいて、ワイシャツのボタンをゆっくりとはずす。

チョーカーというのは、襟《えり》元が大きく開いたドレスの時に着けるものだ。

晶也は、商品が服にかくれないように、襟を大きく広げて、俺に背を向けて立つ。

美しいうなじ。形のいい耳。開いた襟元から見下ろせる、白い肌の……背中のライン。

俺は、むりやり視線をそらして、ポケットから、メジャーを取り出す。

「失礼」

言って、彼の肌に触れないように気をつけながら、首の周りを計測する。

「男性だが、篠原君なら、たいした誤差はなさそうだ」

俺は商品を手にとり、晶也の首にまわす。

俺が何年か前に手掛けた商品で、プラチナ台にダイヤモンドだ。オーソドックスなタイプで、ガヴァエッリ独特の手法《しゅほう》が使われている。参考になるデザインだ。

チョーカーが肌に触れた途端、冷たかったのか、晶也の身体がピクリと震える。

指先が少し触れた、彼の首筋のなめらかな感触に、動揺して、なかなか金具が留まらない。

やっと成功し、スタールビーを手に取る。前にまわって、チョーカーの中心にルビーを当てる。そして、目を上げて正面から彼を見た途端、俺は言葉を失った。

宝石には、不思議な力がある。

早朝の朝露のように無垢《むく》な光を放つダイヤモンド。純粋な血潮《ちしお》のように赤いルビーが、彼の肌の白さを強調する。ルビーに浮かぶ六条のスターは、なにか、聖なる印のようだ。

それを身に着けた晶也は、まるで、今まさに天上から舞い降りたばかりのように見える。

羽を震わせながら、頬《ほお》に血の気をのぼらせ、俺から目をそらす。

「顔は見ないでください」

長いまつげを恥ずかしげにふせて、

「モデルになっているのは、首だけです」

AKIYA・14

冷たい金属が肌に触れ、僕の身体は震えた。

誰かにネックレスを着けてあげるのに慣《な》れていないのか、黒川チーフは、少し、てこずる。

やっと金具が留まって、前にまわった黒川チーフは、僕の顔を見つめて動きを止める。

至近距離にある、彼の整った顔。目をそらさないその表情は、僕にキスした、あの時のものに似ている。辛《つら》そうで、苦しそうで、そして、すごくセクシーだった、あの時の表情……。

僕の顔に、血の気がのぼる。いけない。思い出すだけでおかしくなりそうだ。

「顔は見ないでください」

僕はやっとのことで、彼の顔から、目をそらす。

「モデルになっているのは、首だけです」

黒川チーフは少し笑って椅子をひくと、皆に向けて僕を座らせる。悠太郎が目を丸くして、

「あきや……似合う。綺麗」

真剣に呟いた声に、僕は思わず笑ってしまう。男に向かって、綺麗も何もないって。

「篠原君、笑っていないで、鏡で見ていてくれ」

黒川チーフが、僕にルビーを押さえさせてから、言う。

そこから先は、もう照れている余裕はなかった。

「人間の身体のラインを理解してくれ。ここから肩のあたりでは、ダイヤはこのように流れる。鎖骨の上では、こう。このデザイン画にあるように作ったとしたら、ここに重さが集中して彼女の胸のあたりに当たっている。痛くて、パーティーどころではない。そうならないためには……」

黒川チーフの指が、僕の首筋から胸元のラインをくり返したどる。

彼の指はあたたかく乾いていて、熟練した医師のように事務的だ。

僕は、片手でメモをとりながら、意識を集中する。彼みたいな優秀なデザイナーが、どういうふうなやりかたでデザインを磨き上げていくのか。そんなことを知る機会は、めったにない。

「たくさんのダイヤの一つ一つの角度まで、きちんと考慮すること。例えば俺が彼女の恋人だとすると視線はこうくる。このデザイン画だと、前から見た場合しか計算されていないので、美しく見えない。すべての角度から見た全体の流れを計算し、宝石が一番美しく見えるように」

僕らは計測し、美しい角度をデッサンし、ダイヤの向きから接続するパーツの種類まで、必死でメモをとった。長い特別講義の最後に、僕らを見回した黒川チーフは、優しく笑って、

「商品を買う男は、数千万円払うほど彼女を愛している。それを考えたら手は抜けない」

◆

僕はその夜、短い夢をみた。

僕は鏡の前に座って、恋人を待っている。

自分じゃなく、誰か女の人の姿をしていて、白い、胸元の大きく開いたドレスを着ている。

扉が開いて、恋人が入って来る。パーティーにでも行くような黒いタキシード。

彼が、立ち上がった僕の後ろにまわる。首に巻き付いた冷たい感触に、僕の身体は震える。

彼は慣れていないのか、金具に少し、てこずる。やっと着けて鏡を見た僕は、息を飲む。

純粋な光を放つダイヤモンド。真紅のルビー。僕のデザインした、あのチョーカーだ。

彼が、僕の顔を見つめる。苦しそうで、セクシーな表情。彼は、僕にキスをしたいんだ。

僕は何も言わずに、そっと目を閉じる。……彼の唇が、ゆっくり重なってくる。

目を覚ましてからも、僕はなんだか幸せな気分だった。

あの宝石を着ける女性も、こんなに幸せな気分になるといいな。うん。そうなって欲しい。

よく覚えていないけど、夢に出てきた恋人の顔は……黒川チーフだったような。

僕は思い出して、少し笑ってしまう。

恋人が、てこずらないように、簡単な金具を工夫《くふう》してあげないとね。

MASAKI・14

時計を見ると、夜八時半。

この間までは、晶也と俺と田端くらいしかいなかった時間だが、このところ全員が残業をして終電で帰る生活が続いている。

それも、今夜で最後だ。

今日は、金曜日。明日の朝一番の便で、アントニオは清書を持って、日本を発《た》つ。

彼は、その後も度々顔を出しては、清書も見て回っている。

アントニオのチェックは、相変わらず的確だ。

彼が少しの指示を与えるだけで、デザイナー室のメンバーの作品は格段の美しさを加える。

全員が、その隠されていた素質を、引き出されてきている。

特に晶也の作品のラインは、涙が出るほど美しくなっている。

その点は感謝するが、ただ、晶也の前で下品な言葉を吐くのは、やめて欲しい。

最近アッチのほうはどうだとか何とか。

たとえ、晶也には、まだ一言もイタリア語がわからないにせよ。

「夕ごはん、どうします？」

突然、頭の上で声がし、俺はあわてて、書きかけの書類から目を上げる。

悠太郎がメモを持って立っている。今日の夕食買い出し当番は、彼か。

「買ってきますよ。ほか弁か、マックか、ドトール、行きますけど」

このところ悠太郎の目が、こころなしか冷たい。彼は、まさか、何か気づいているんじゃ……。

俺は、ため息をついて、

「松屋。牛焼き肉弁当、大盛り」

値段まで、覚えてしまった。財布を出して小銭まできっちり渡す。

聞いていたメンバーが、目を光らせて、

「あ、いいな、マックはキャンセル。松屋で牛めし。あと、味噌汁《みそしる》」

「あたし、生姜《しょうが》焼き。ドトールなし」

口ぐちに騒ぎだす。

このところ、メンバーの間に、妙に連帯感が生まれていた。

俺も、軽蔑していたファーストフードが、意外に食べられるのを発見した。

「ああー、全員、松屋か。晶也、お前は荷物持ちね」

ひっぱっていかれながら、晶也が俺と目を合わせ、チラ、と笑う。

彼も、俺がデザイナー室にとけこみはじめているのに気づいている。

この半年間、デザイナー室になじまなければと思いながらも、俺の目には、晶也一人しか、入っていなかったような気がする。

全体を見渡してみて、初めてわかった。

彼らにとって、このデザイナー室がいかに過ごしやすかったか。

そして、このメンバー達と共に働くことが、俺にとっていかに心地《ここち》いいことか。

「こんなものかなー。黒川チーフ、どうですか？」

田端が、完成したデザイン画を持ってくる。この数日間で、俺への態度が変わったようだ。俺も、彼を少し見直している。なんだかんだと欠点は気になるが、チーフをしているだけあって仕事は速い。

すみずみまでチェックする。

さすがアントニオのチェックが入った後だけあって、正面、平面、レンダリング、構造図、完璧といっていい。……あとは、センスだな。

「オーケーです。書類を揃《そろ》えて、提出してください」

俺が、清書用紙をかえすと、いきなり満面の笑み。かわいいところもあるじゃないか。

「やった。終わったよ。みんな、聞いた？」

「皆のチェックで時間を取られているのに、黒川チーフはとっくに終わってますよ」

新人の柳が、水をさす。彼と広瀬も、今回、本当に頑張った。

「打ち上げ、どうします？」

サブの瀬尾《せお》が、どうもその次に終わりそうな清書を見せながら言う。

「僕ら、居酒屋、そのあと篠原の家ってのが、定番なんですけどね」

「ねえ、でも、あきや君もかわいそうじゃないですかー。そう、毎回じゃあ」

後ろに並んだ。野川《のがわ》が言う。

晶也がかわいそう、という言葉に反応してしまった俺は、ふと、

「じゃあ、俺の部屋にきてもいいけれど……」

言ってしまって、自分で驚く。

一瞬の沈黙のあと、野川、長谷《はせ》の女性コンビが、黄色い叫び声を上げた。

「ええー、あこがれの、黒川チーフのお部屋に行けるの？」

「うれしすぎぃ！　あたし、どーしよう！」

弁当の入った袋を下げて戻ってきた、悠太郎と晶也が、驚いている。

「あきやくん、どーする？　黒川チーフのお家で、打ち上げだってよー」

晶也は、俺のほうをふりむいて、

「いいんですか？」

「ああ、かまわないよ」

言った俺をまっすぐ見つめる、あの琥珀《こはく》色の瞳。

とても、久しぶりのような気がする。

晶也はこの数日間、俺の顔を見るたびに何か言いたげだ。

だが、俺は、やはり目をそらしてしまう。

「ただし、来週の月曜、結果がわかってからにしよう。今日は、何時までかかってもいいから、仕上げること。でないと、打ち上げは無しだ」

ＡＫＩＹＡ・15

黒川チーフが、何か変だ。

僕はまた、漠然とした不安にさいなまれていた。

十時過ぎにはめでたく全員分の清書がアップして、悠太郎たちは今頃、第一回打ち上げと称して、どこかで飲んでいるだろう。

寝不足気味だったんだからさっさと寝ればいいのに、僕は風呂上がりのバスタオル一枚のまま、ぼんやりとベッドに寝ころんでいる。

暖房を最強にしてるとはいえ、この真冬にこのままじゃ、すぐ風邪《かぜ》をひいてしまうだろう。

わかってはいるんだけどね。

枕元の窓からは、街灯の光がさしこんで、星も見えない。

彼の部屋からの景色とは似ても似つかないな。

……何だかすごく寂《さび》しい……。

一人暮らしが、寂しいなんて思ったのは、初めてだ。

いつだって友達がいたし、僕には考えなきゃいけないデザインがいつだってたくさんあった。

なのに今夜は、どうしてこんなに寂しいんだろう。

社内では、デザイナー室がやっているコンテストのことが、もっぱらの噂《うわさ》で……。

もちろん、撤廃云々《うんぬん》については、僕らは固く口を閉ざしていたけど、〆切をぶっとばしてまでやってりゃ、噂にもなる。ボケてるので有名なデザイナー室が、一体どうしたんだろうって。

しかもあの目立つアントニオ・ガヴァエッツリ氏が、しょっちゅう出入りしてりゃあ、ね。

僕が気になっているのはもう一つの噂だ。

黒川チーフが、イタリアに異動になるんじゃないかっていう……。

彼が、皆が夢にまでみるイタリア本社異動の話を何度もけっているのは有名な話で、そういう噂は、いつもあったことはあったんだけど……。

人事部がチーフクラスの異動の準備をすすめていることは、ほぼ間違いないらしい。

そういうことは直前まで極秘で偉い人だけですすめるのが常《つね》だから、その内容まではわからないけれど……。

黒川チーフの様子が、変なんだ。

清書と並行して、引継ぎとも思える事務仕事をたくさんこなしていた。

田端チーフとミーティングルームにこもって、何か極秘っぽい話をしていた。

能率的に雑然としていた彼のデスクから、段々、荷物が減ってきている。

彼はあれから、僕と目を合わせようとしない。

部屋には誰も入れたことがないって言ってたのに、急に打ち上げをやるなんていいだした。

まさか、本当にイタリアに行ってしまうつもりじゃあ……。

そして、最後のつもりでそんなことを言い出したんじゃあ……。

そういえばあの時、僕がイタリアに帰りませんよねと聞いたあの時、彼は否定しなかった。

僕らは、精いっぱいやった。なのに、彼には勝算がないんだろうか。

それとも、もう日本に未練《みれん》なんかなくなったんだろうか。

考えてみれば、イタリアに居るほうが給料だって待遇《たいぐう》だってずっといいんだ。彼みたいに実力のある人が、日本支社の僕らみたいのにつき合ってるほうが、おかしい。

第一、彼はなんで日本支社に来たんだろう。視察に来たのは、僕に会いにって言ってたけど、まさか、僕と仕事をするために日本に居座った……なんてことあるわけないよね。

僕は、自分の気持ちがなんだか、理解できない。

彼のことを思うだけで、心が乱れる。

彼は、ただの会社の上司だ。

彼が求めることを断ったのは、僕だ。

だってあの人も僕も、二人とも男なんだよ。それ以上、どういう関係になれって言うんだ。

だから、僕の選択は間違ってない。

だから、彼がイタリアに行こうがどうしようが、僕には関係ないことで……。

そりゃ、お世話になったし尊敬してたし、少しは寂しいけど、それ以上の感情は、わからないはずで……。

「雅樹《まさき》……」

彼の名前を、唇《くちびる》にのせてみる。彼が二人だけの時、僕を晶也と名前で呼ぶように。

彼に目の前でドアを閉められた、あの時から、僕は変だ。

今まで感じたことのない、何かとても苦しい、でも不思議に甘い感情に支配されている。

彼の名前を呼ぶだけで、僕の身体は反応して震えてしまう。

あのとき彼に教えられた、甘く激しい痺れに。

美しくて器用な長い指。紳士的な時は暖かく、抱きしめる時は熱かった。僕を見て少し苦しげに、でも優しく笑いかける瞳。そして、僕を奪った唇。

彼が僕と目を合わせなくなってから、初めてわかった。

自分にとって、彼の存在が、どんなに大きいものだったか。

気付かなければよかったのかもしれない。でも、僕は気付いてしまった。

彼に出会わなければ、きっと一人で生きていけた。でも、僕らは出会ってしまったんだ。

彼の気配がまわりから消えてから、僕はまるで、二人きりの食事に出てきた、あの時のストーンクラブのようだ。

彼の美しい指で甲羅《こうら》をはがされ、解体されて、彼の熱い唇と忍びこむ舌で、すべてを奪われた。

彼は、自分を守るために僕が作ったものを、あの優しい視線で全て奪ってしまった。

なのに、彼はもうすぐ僕の前から姿を消す。

「……雅樹……」

彼がいない毎日なんて、もう考えられない。

彼がいない毎日なんて、もう耐えられない。

こんな気持ちのまま、これからどうやって一人で生きて行けばいいのか……僕にはもう、わからない……。

◆

キキイ！

自転車のブレーキ音に続いて、階段を駆けのぼる足音。

ピンポーン！

僕はあわてて起き上がり、玄関に走る。開けたとたんに、

「あきやー、げんきー？」

悠太郎だ。彼はＧパンにセーター、黒の革ジャンの私服姿。一度、部屋に帰ったらしい。

彼も僕もＪＲの中央線の沿線に住んでいて、駅は隣だから、自転車で二十分もあれば来て

しまう。突然来るのは、お互いに慣れっこだ。

外からの寒風に、腰にまいたバスタオル一枚で震えている僕を見て、なぜだかちょっと赤くなっている。

男相手に赤面して、変なやつ。

「ちょっと、なにその格好は」

なんか怒ってる。僕は、

「お風呂に入って、そのままボーッとしてた」

言って、寝室に入ってクローゼットを開け、シャツとGパンをひっぱりだす。

トランクスに足をつっこんでいる僕の後ろから、

「早く着ないと、おそっちゃうぞー」

「いいよー。悠太郎、飲みにいったんじゃなかったの？」

こたつの前に座った悠太郎は、すねたような顔で服を着る僕を見上げてる。

「来ちゃ、わりーかよぉ」

「そんなことないよ。うれしいよ」

僕が笑うと、悠太郎は機嫌をなおして、持ってきたコンビニの袋から、肉まんとウーロン茶を出して、こたつの上に並べている。

「飲みにいっても、晶也がいなきゃつまらないじゃん。それにお前、なんだか最近元気ないし……」

「ねぇ、悠太郎……」

僕は、こたつに足を入れながら言う。

彼なら人事部に友達がいるし、何か知っているかもしれない。そしてきっと、そんなのはデマだって笑ってくれる。

「黒川チーフが、イタリアに異動になるんじゃないかって噂、聞いた？」

悠太郎は、肉まんをかじりながら、怒った目で僕を見て、

「だったら何なんだよ。……そうらしいね。人事部じゃ、その噂でもちきりだってさ」

僕は絶句した。

何かが僕の中で崩《くず》れていくようだ。冷たい不安が心臓をしめつける。

……ああ、彼がいなくなってしまったら僕は……

「あの人も、ひどいよな。あれだけオレ達のこと、ハリキらしといて。せっかく一緒に頑張ってやろうと思っていたのに。それに、お前とのことだって……」

言いかけて、言葉を切る。驚いた声で、

「あきや！　どうした？」

いつのまにか、僕の頬は涙で濡れていた。次から次へと溢《あふ》れてくるのを止められない。

「……悠太郎……」

君は、俺が失ったもの全ての結晶だ……そう言った、彼の目がよみがえる。

泣きたくなるほど切ない、激情をかくした、あの……

「……僕は、あの人のことが好きだったんだ……」

僕の声は、かすれている。

まばたきをした拍子に、こたつブトンにパタパタと音をたてて涙が落ちる。

「……この気持ちは……そうなんだ」

今ごろわかるなんて、僕はなんてバカなんだろう……。きっともう、手遅れなのに。

「ホモで、変態で、友達失うのもわかってる……でも……」

顔を手で覆《おお》う。でも、涙はとまらない。

「……どうしようもないほど、好きなんだ」

「あきや……」

悠太郎の沈んだ声。

こんなことを聞かせてごめん。また、彼に心配させてしまう。でなければ、もう心配もしてくれなくなるのか……。

「僕は、自分の気持ちに全然気づかずに、彼をつらい目にあわせてしまった。だからきっと、彼の気持ちは変わってしまったと思う」

ああ……自分で口にするだけで、また泣けてくる……。

「彼みたいな人、イタリアにいかなきゃ、もったいないよ。わかってる、わかってるんだけど……このまま彼がいなくなったら……僕は、もう、どうしていいのかわからない……」

「あきや……」

「ごめん、悠太郎、こんなこと聞かせてごめん……」

「あきや！」

悠太郎の手が僕のあごをつかんで、顔をあげさせる。

「オレに、そんな話をするな！」

「ごめん……」

「そうじゃない。彼に言えよ。黒川チーフに言ってやれよ！」

悠太郎の目は、真剣だった。

「でないと、もう、行っちゃうんだぞ！　そうしたら、もう、二度と言えないんだぞ！」

再び流れ出た涙が、悠太郎の指を濡らす。

「オレ、ずっと心配だったんだ。お前がこのまま、誰とも恋愛できなかったらどうしようって。誰のことも好きになれないまま、いいかげんな相手と結婚でもしちゃったら、どうしようって。お前、そういうとこあるからさ。でも……」

悠太郎が、僕のあごから手を離し、そっと肩を抱く。兄弟みたいに優しい手だ。

「あの人が初めて日本に来て、デザイナー室に入ってきたあの時から、お前、変わった……

ずっとあきやの目は、あの人だけ追ってた」

ああ……そうかもしれない……きっと悠太郎の言う通りだ。

僕は、初めて見たときから、彼を忘れられなかった。深い色合いのネクタイ。ブルーグレーのピンストライプの彼のシャツ。その糊《のり》のきいた袖《そで》口に光っていた……僕のカフス。

彼は、デザインしながら僕が切実に願っていた、まさに理想だった。

凛々《りり》しい立ち姿、色気を含んだ目線、ひびく優しい声、そして不屈の精神力を持った……

現実に現れた、まさに僕の理想の男だった。

彼がチーフとして日本に来ると聞いたとき、どんなに嬉しかったろう。だけど彼はまた、
僕の夢の中だけの存在になってしまう……。

「オレのあきやを、こんなにしやがって……」

つぶやいた悠太郎の暖かい肩が、少し震えてる。ぎゅう、と僕を抱きしめて、

「でもあいつも、あきやのことだけ、ずっと見てたんだよー！」

突然、僕をつきはなして、時計を見る。

「行け！　終電なくなる！　泣いてないで行けよー！」

叫んだ彼の目も、少し濡れてる。僕は驚いて、

「もう、二人で会うのはやめようって言われたんだ。部屋にも、来ちゃいけないって……だから、もう……いいんだ」

「るせー！」

悠太郎は、勢いよく立ち上がって寝室に入ると、クローゼットから僕のコートをつかみ出す。

僕にぎゅうぎゅう押しつけて、

「男なら、グチャグチャ言ってないで行ってこい！　ダメだってわかってから泣け！」

コートを着て、玄関に向かいながら、なんだか笑ってしまう。

「スポ根ドラマみたいなこと、言ってー」

少しあきれながらもスニーカーをはいた僕を、ドアから押し出して、

「いいんだよ！　ちゃんと言うまで、帰って来るな！」

すごく怒った顔に、また笑ってしまう。

「ここ、僕の家だよー。自転車借りていい？」

「いいよ。駅までトバさないと、間に合わないぞ。じゃーな！」

僕が自転車をひっぱり出そうとしていると、二階の角部屋の窓が開いて、

「あきや！　自転車のカギ！」

銀色の物が、投げられる。

ありがとう、と言って見上げると、悠太郎がものすごく怒った顔で、

「オレ、友達やめないからな！　チクショー！」

すごい音をたてて、窓がしまる。
僕は、その言葉に少し勇気づけられて、駅に向かって自転車をこぎだす。

MASAKI・15

アントニオ・ガヴァエッリの所にデザイン画の束《たば》を届けたあと、話につき合わされた。

アントニオは、始終ご機嫌で話がなかなか終わらず、やっと逃げ出して、今、部屋にたどりついた。

時間は、もう、夜中の三時を過ぎている。

電気をつけてリビングに入り、コートと鍵をソファーに放る。

窓の外は一面の夜景。

俺は、窓に近づく。

ああ、あの時から習慣になってしまった。

ふと見下ろした桟橋《さんばし》に、彼が立っているのを見つけた、あの時から。

彼がここに来ることは、もう二度とない。わかっている。でも見ずにはいられない。

外は、凍《こご》えるような寒さだった。窓のくもりを指でぬぐう。

「まさか……」

ライトアップされた桟橋に、黒いコートの人影が見えた。晶也によく似た、スレンダーな影。

俺は、目を逸《そ》らす。彼のわけがない。カップルの片割れかなにかだ。

彼のまなざしを断ち切って、ドアを閉めたあの時から、俺はおかしくなっている。

そして、部屋にいる時には、それが特にひどい。

彼がいた空間。好きですと言った声の響き。甘い微笑の余韻《よいん》。

たった一度ここにいただけで、彼は、自分の気配を色濃く残していった。

「晶也……」

この名前を口にするだけで、気が狂いそうだ。

愛《いと》しい。

手に入らないとわかってあきらめたふりをしてから、その想いは、ふくれあがるばかりだ。

俺は、熱に浮かされたように、もう一度、窓に近寄る。

願いを込めて見下ろした先に、もう人影はなかった。

俺は苦笑いして、窓を離れる。

彼は、今頃、幸せな顔をして眠っているだろう。それとも、また宴会かな。

あれから毎晩、眠れば彼の夢ばかりを見る。今の俺には、それは悪夢に近い。

……眠りたくない。

キッチンに入り、最近手放せなくなったバーボンの瓶《びん》をとりだす。

飲まないと夜が耐えられない。この俺が、こんなことを思うなんて。

氷を砕《くだ》いていると、玄関から、かすかな物音がしたような気がした。
まさか。手をとめて、耳をすませる。
トン、トン……。
俺は、シンクにアイスピックを放り出し、玄関に走った。
まさか……？
ドアを開けると、晶也が立っていた。
何度も夢に見た、そのままの姿で……。
「桟橋から……」
凍えて蒼白《そうはく》になった唇から、甘いかすれた声が、もれる。
「……あなたの部屋の明かりが、見えました」
俺は、彼を引き寄せ、その身体を、思いきり抱きしめた。
もうだめだ。もう放せない。
君がただ、世間話をしに来ただけだったとしても、俺はもう、許さない。
晶也の後ろで、ゆっくりとドアが閉まる。
「どうして……」
抱いた彼の身体は、冷えきって、かすかに震えている。
俺は、晶也の手を取って頬にあてる。氷のようだ。

「俺は君に、一瞬でも、寒い思いや、つらい思いをして欲しくない。だから、この部屋から帰してあげたんじゃないか。なのに、どうして……」

俺の背中に、晶也の冷たい腕がゆっくりとまわる。

信じられない思いで、胸の中の晶也を見おろす。

「……あったかい……」

俺の胸に頬をうずめた晶也の、閉じた目から、涙があふれる。

「好きです。やっとわかったんです。あなたのこと、僕は、ずっと好きでした」

甘い、かすれる声。彼の心臓の鼓動《こどう》が、伝わってくる。

かすかに身じろぎした晶也が、顔をあげて俺を見上げる。

まばたきした拍子に、長いまつげから涙の粒がころがりおちる。

ああ……誰か、夢じゃないと言ってくれ……。

彼の細いあごに手をやってささえると、すいこまれるように、俺は晶也にくちづけた。

柔らかい唇は、むりやり奪ったあの時より数倍甘い。

長いキスのあと、

「君は一人でここに来た。俺が君をどう思っているか、君をどうしたいと思っているか……話したはずだね……」

唇がまだ触れたままささやく、俺の声も少しかすれている。

「……はい……」

うなずく彼にもう一度くちづけて、綺麗な朱に染まった耳に、

「君の人生はきっと変わってしまうよ。こわくないね？」

彼は、腕の中でピクリと身を震わせ、

「こわいです……でも」

俺の胸に顔をうずめ、

「……どうしようもないほど、好きです」

俺は晶也を、こわれやすい宝石をあつかうように大切に抱き上げた。

何十回と見た、夢のように。

でも、今だけは夢でないことを、心から祈りながら。

ＡＫＩＹＡ・16

僕は、その夜のことを、一生忘れない。

「……愛してる、晶也」

耳元で、吐息がささやく。

彼の美しい指が、僕の、全てのボタンの一つ一つを、ゆっくりとはずしていく。

「……あっ……」

彼の目の前に、全てをさらしていく感覚。それだけで、気が遠くなりそうだ。

いつも完璧にプレスされた彼の上着が、ベッドの脇に無造作《むぞうさ》に投げ捨てられる。

シュッ、という音がして、彼の趣味のいいネクタイがはずされる。

僕は、緊張のあまり、ぎゅっと目を閉じる。

「晶也」

低い、よく響く声が、耳元で呼ぶ。

そっと目をあけると、すぐそばで、彼の美貌《びぼう》が笑っている。

間近で見られるだけで、震えてしまう僕の手をとって、

「毎日着けていた。君は、気づいてくれなかったけれど」

僕の……僕のデザインした、あのカフスだ。

艶消ししたプラチナのそれは、よく手入れされて、かすかに暖かい。彼の熱だ。

僕は、頬にあてて、

「お前達がいなかったら、この人とも会えなかった」

二つの、僕の作品達に、くちづける。

もし彼と会えなかったら、僕は今頃、何をしているだろう。

誰にも、こんなに心を乱されることなく、日々を過ごしていただろうか。

「……そんなことはない」

全てを脱ぎ捨てた彼が、僕の手からそれを取り、大切そうにベッドサイドテーブルに置く。

そして、ゆっくりと、僕に重《かさ》なってくる。

驚いてずりあがろうとする僕を、そっと抱きとめる。

熱い体温。心地いい、重み。

「俺達が出会ったのは、運命だよ。いつかは必ず探し出していた。そして、いつかはこうして抱き合っていただろう……晶也」

僕の目をまっすぐに見つめて、

「……君を愛してる」

唇が、ゆっくりとおりてくる。そっと、僕の唇と重なる。

舌が忍び込んで、僕の舌とからみあう。

彼の逞《たくま》しい腕が、僕の全てを包み込むように、かたく抱きしめる。

オレンジに近い柑橘《かんきつ》系の彼のコロン。暖かい彼の匂い。

裸の身体から直《じか》に伝わってくる熱と早い鼓動に、冷えきっていた僕の体温は、ぐんぐん上がっていく。

ああ…全身が、甘い痺れで満たされて、このまま彼に熔《と》けていってしまいそうだ……。

「……もう、引き返せないよ」

恥ずかしさにうつむいた、僕の顔をそっと上げさせる。触れるような、キス。

「俺は、君を愛してる……君は？」

「あの……僕も……ぁ……」

優しく笑って、

「……ん？　聞こえない」

ああ……あなたは、いじわるだ……僕は、震えながら、そっとキスをかえす。

「僕も……愛してます……雅樹」

その瞬間、抗《あらが》う隙《すき》もなく、僕はさらいこまれる。

彼のむさぼるような唇が、僕の全身に、彼の印を刻んでいく。

彼の美しくて繊細《せんさい》に動く、そして熱い指が、僕の身体の全てのラインを確かめるようにたどっていく。

「……あっ……あぁっ……」

彼の動きは、まるでデザインをする時の彼のように、一種攻撃的で、そして完璧だった。

僕の弱点を次々に、的確に見つけだしては、僕を追いつめていく。

僕は、ただのけぞり、シーツをつかみ、声をあげる。

「あぁ……そこは……んんっ……雅樹……」

広々として無機質な彼の部屋に響く喘《あえ》ぎは、自分のものとは思えないほど、甘い。

「あっ……あ……もう……もうだめです……ああ……」

僕の固く閉ざしたまぶたから、涙がつたい落ちた。

自分を押し流していくあまりに激しい快感に、もう僕はどうしていいのかわからない。

泣きながらもがき、のけぞり、許しを乞《こ》うたが、彼は許さなかった。

「晶也……愛している……晶也……」

耳元に響く彼のささやきに、僕は追いつめられていく。

「んんっ……ま……さきっ……もうっ……ああんっ」

彼の繊細な指に翻弄《ほんろう》されながら、僕の欲望と、逞しい彼の欲望が激しくこすれあった。二人の甘い蜜が混ざりあう、滑《なめ》らかな感触。

「……ああっ……い……い」

ああ、彼がこんなにも、僕を欲している。そして、僕も……誰にも、美しいものを作り出すこと以外の何にも欲望を感じなかった僕も……こんなにも、彼を欲している。

「……いか……せて、雅樹……」

彼が、わざと手の動きをゆっくりにする。耳元で囁《ささや》く彼の声は、欲望にかすれてる。

「ん？　聞こえないよ、晶也……もう一度……もっと大きい声で、言ってごらん」

「言ってごらん。そうしたら、君の言う通りにしてあげるから」

僕は泣きながら、彼の逞しい肩にすがりつく。

ああ、あなたはなんていじわるで、そして、なんてセクシーなんだろう。

その声で囁かれるだけで、もう僕は、あなたを欲しくて欲しくてたまらない。

彼が、もう一度、とうながすように、耳たぶを軽くかむ。

「……いかせてください。そして……」

僕の声も、欲望にかすれてる。

「僕の全てを、あなたのものにしてください」

「……晶也……」

彼が、震えるため息をつく。

「君は、俺の夢の中で、何度も何度もそう言った。ずっとこうしたかった。ああ……これもまた……夢かもしれないね」

彼の指が、僕をおいつめようと動きを開始する。僕はのけぞって脚をからませる。

「……イ、イクッ……あああぁっ……雅樹ぃっ」

そして、彼の背中に爪をくいこませたまま何度も、何度も、激しく追い上げられる。

「……ああ…夢なら……こんなに……イイ……わけ……ない……」

全身が暖かくて甘い蜜でいっぱいに満たされ、それをあふれさせながら、僕はかすれた声で呟く。

そのままぐったりとベッドに沈み込んでいく僕に、

「そうだね、晶也」

彼が、本気でのしかかってくる。

おびえて逃げようとする僕を、逞しい腕が、がっちりと抱きとめて、

「本当に夢じゃないかどうか……今度は二人で、確かめてみたい」

MASAKI・16

腕の中に、あえいでいる晶也がいる。

きちんと上までボタンをかけたシャツをはぎとったとたん、彼も、礼儀正しい部下の仮面を脱ぎ捨てた。

そのあとの、彼の発する色香は、凄絶《せいぜつ》なほどだった。

涙をため、なめらかな肌を欲望に紅潮《こうちょう》させ、のけぞり、そして、懇願《こんがん》する。

俺は、我をわすれ、彼に溺《おぼ》れた。

彼を際限《さいげん》なく追いつめ、追い上げてしまう。

「今度は二人で、確かめてみたい」

俺は、晶也にのしかかって、言う。ああ……あまりの欲望に、声が震える。

晶也は、目を閉じたままうなずくが、その身体は、痛みをおそれてこわばる。

俺の胸を本能的に押し返してくる手は、少し震えている。

この緊張では、きっと彼女とも未経験だろう。

俺の良心が、チクリと痛む。

彼女がいるのを知っていて、若い欲望にまけそうな君を、抱いてしまう。

俺は悪い男だ。でも、君を誰にも渡したくない。俺の印を刻印して、俺を二度と忘れられないほど感じさせて、もうどこへも行けない身体にしてしまいたい。

「愛している。こわがらないで」

彼は、おずおずとこわばりを解くが、俺が少し前進するだけで目を閉じて俺を締めつけ、拒《こば》んでしまう。

彼の綺麗な額に、冷や汗がつたう。さんご色の唇が、震えながら、

「……あなたを欲しいと言ったのは、本当です……でも、こわいんです」

「なにがこわいのか、言ってごらん」

突然、晶也が俺に強く抱きついた。俺の胸に顔をうずめて、

「自分が変わってしまうのが……こわいんです」

俺は、晶也をそっと抱きしめた。

君はまだ彼女に未練がある。そんな君を、やはり俺は、無理に抱くことはできない。傷つけるには、君は大切すぎる。

「無理強《じ》いはしない。誰かに未練があるのなら……」

「そうじゃなくて！」

苛立《いらだ》ったように言った晶也の目から、涙があふれた。

彼の綺麗な顔が、悲しげにゆがむ。そしてその心細げな表情は、俺の憐憫《れんびん》をどうしようもなくかきたてる。

俺は、彼が落ちつけるようにゆっくりと髪を撫《な》でてやる。

ああ、君が言うことなら、俺は何でも聞いてあげるよ。

「僕は、最後に想いをとげられれば、それでいいと思ってここに来ました」

……さいご？　おもいをとげる？

「でもきっと、僕は、あなたを縛りつけてしまう。僕をおいて行かないで、とすがってしまう。それが……こわ……くて……でも」

晶也が俺の胸にしがみついて、しゃくりあげる。華奢な肩が、震えている。

「もう……もうダメです……あなたがいなくなったら、僕は……僕は……」

俺は、呆然と、晶也の艶やかな髪を撫でていた。

君をおいていく？　何のことだろう。いや、それより君は……。

「……僕を置き去りにして……」

晶也の暖かい涙が、俺の胸を濡らす。

「どこにも行かないと約束してくれますか」

ああ、晶也……君が、俺のことを愛していると言った言葉は、嘘ではなかったのか……。

俺は、涙を流してしまいそうになって、あわてて晶也を強く抱きしめた。

愛している人から愛されるのは、こんなにも幸せなことだったのか……。

俺を愛し、俺がいなくなったらと思って、こんなに悲しそうに泣く……。

「こんな君をおいて、一体、どこに行けというんだ…晶也…こんなに、愛しているのに」

◆

そして、俺達は、ひとつになった。

「俺の声だけ聞いて。心配しないで……」

彼は少しだけ緊張を解き、目を開いて、助けを求めるように俺を見上げる。

「俺達は、もともとひとつだったんだ」

「もともと……ひとつ……ですか」

敏感な身体を愛撫《あいぶ》される快感と、ひとつになる痛みにひきさかれながら、晶也が、切れ切れに言う。

「そう。俺はそう思っている。俺のなくしたもの、全ての結晶だって言ったね？」

「……んん……は……い」

晶也の声に、甘いものが混ざる。そして、ゆっくりと、こわばりを解いていくのがわかる。

もう少しだ。

「そして俺にとって、君は、この世の何より大切で、何より美しい結晶だ……」

「そんな……ああ……雅樹……」

晶也が、ゆっくりと俺を呑《の》み込んでゆく。

俺はたまらなくなって彼にキスをして、その紅潮した耳元に、ため息で囁く。

「あのルビーより、ほかのどんなに高価な石より、ずっと貴重な宝石だ」

「……アァ……ッ」

拒むのとは違う甘いやりかたで、彼が、俺を締め付ける。

「君を手に入れたかった。ずっと欲しかった……もう、あきらめていたのに。でも、やっと、君とこうなることができて……俺は、幸せだ」

二人の身体が一つになり、晶也は甘くのけぞった。

掠《かす》れた声が、恥ずかしげに、微かに囁く。

「僕も……同じです……雅樹……」

……ああ、俺は、この夜のことを一生忘れない。

ＡＫＩＹＡ・17

「まるで、人魚姫のようだね」

笑いながら僕を抱き上げ、彼が言う。

僕はあまりの恥ずかしさに赤面して、転げ落ちないように彼の肩にすがりつく。

夢中になって、一体、どんな声を出していたんだ……もともと弱い僕ののどは、すっかりかれて、かすれ声しか、出なくなっていた。

そのうえ、シャワーを借りようとベッドからおりた途端、一歩も歩けずに、僕は座り込んでしまった。

これは……俗《ぞく》にいう、腰が抜けるってやつ……？

僕だって、多少細目とはいえ、ちゃんと男だ。それを、こう軽々と抱いたまま階段を降りていくなんて、本当に力が強い。

スーツの似合う厚めの胸と、綺麗に筋肉のついた肩と腕以外は、結構、スレンダーなのに。

身長と脚の長さでは、相当、僕が負けてるけど。

バスルームのドアを背中で押して入り、二人一緒に入れそうな大きさの大理石のバスタブの中に、僕をそっとおろす。

彼が張っておいてくれたお湯は、僕の傷にしみないように、すこしぬるめだ。

「人魚姫は、一人でお風呂に入れるかな？　なんなら……」

さっきシャワーを浴びたばっかりなのに、またバスローブを脱ごうとする。

僕はあわてて止めて。

「こ……子供じゃないんですから……」

彼は、白い歯を見せて笑い、身をかがめて僕にキスをする。

色気のある眉を心配そうに寄せて、

「痛みは……ない？」

「い、いたい！　すごく、いたい！」

僕が、笑いながら言うと、頬をきゅっと軽くつねって、

「ふざけないで、正直にいいなさい。……ほんとうは？」

僕は、また赤くなって、

「少しだけ……でも、大丈夫です。優しくしてもらったから」

彼はもう一度身をかがめ……僕の頬を両手で包んで、さっきより深いキスをした。

長いキスのあとで名残《なごり》惜《お》しげに唇を離し、僕を見つめて笑う。

彼の目は、僕とひとつになる前の、どんな時よりも優しかった。

「何か……飲む？」

「のどが、痛いんです。ホットレモネードの、はちみつの入ったやつが飲みたい」

「オーケー。腰とのどを使いすぎたみたいだね、晶也」

僕の髪を、くしゃと撫でて出ていく、バスローブにつつまれた広い背中と、広い歩幅の長い脚。僕が、初めて会ったときから憧れ続けた彼の……。

彼は、どこへも行かないと約束してくれた……僕は、また泣いてしまいそうになって、あわててバシャバシャ顔を洗う。

◆

彼が用意していってくれた、ロイヤルブルーのパジャマを着てみる。

僕が着ると、彼のパジャマは肩幅も袖も裾《すそ》もだいぶ余っていて、あらためて、彼って大きいと思う。

上質の綿《めん》の肌触りが気持ちよくて頬をよせると、もうなじみはじめてる彼の匂いがする。

リビングへのドアを開け、そっと、なかをのぞく。

なんだか、いまさら恥ずかしい。

彼は、僕に背を向けて窓の前に立っていた。僕に気がついてふりむくと、

「晶也、おいで」

歩いていって並ぶと、僕の肩を抱いて、

「ここから、見下ろしてごらん」

部屋の中は、裸でいても大丈夫なくらいに暖かかった。

外気との温度差にくもった窓を指でぬぐう。

彼の示した方向には、ライトアップされたホテルのカフェ、それに続く音楽ホール、そして僕が立っていた、あの桟橋。

「君が初めてこの部屋に来た日、あそこに立っている君が見えた」

彼は、髪も濡れたまま走ってきたっけ。

「あれから、毎晩、見下ろしていたよ」

彼は僕に笑いかけ、肩を抱いたまま、窓を離れる。

そっとソファーに座らせて、テーブルにおいてあった熱いレモネードに、はちみつをたらしてくれる。

そして自分のグラスには、グラン・マルニエを少し。

彼の匂いに似たオレンジの香りが、静かな部屋に広がっていく。

「今夜、ここから君が見えたとき、とても信じられなかった。そして、扉を開けたら立っていた君を見て、夢かと思った」

「夢じゃないです。夢ならあんなにイイわけ……いえ、あの……いただこうかなー……」

とんでもないことを口走りそうになって、あわてて、レモネードをなめる。

うん。甘くて熱くて、生き返るみたいにおいしい。

彼は、赤面している僕を見て、少し笑って、

「そして君が、俺を愛してるといった言葉を、すぐには信じられなかった。君の気持ちを疑ってしまった。……すまない」

……疑う？

「例えば……彼女と喧嘩《けんか》でもして、ヤケになっただけじゃないか……とか」

彼らしくない、歯切れのわるい口調。

「僕、いま、彼女いませんけど」

「晶也……嘘や隠し事は、なしにしないか。俺達は二人とも、もう、子供じゃないんだ」

彼の声は真剣で、セクシーな眉間《みけん》にはたてじわが刻まれていたけど、僕には、わけがわからなかった。

「俺は、知っているんだよ。君が、彼女と歩いているところを偶然見てしまった。一緒に、食事をした晩だ」

「食事？　先週の、金曜日ですか？」

「そう。君達のあまりの仲の良さに、みにくく嫉妬《しっと》して、逆上して、むりやり君の唇を……奪ってしまった」

「あの……」

苦悩している横顔を、のぞきこむ。

「それ、野川さんですよ。宴会の途中で、駅まで送ったし」

「デザイナー室の野川？　とても仲が良さそうだったが？」

驚いたような声に、つい、笑ってしまう。

「デザイナー室のメンバーは、皆、仲がいいですよ」

彼は、口を開けたまま、放心している。いつものクール・アンド・ハンサムは、どこ？

僕は、レモネードをなめながら、彼によりかかった。

「それで？　嫉妬して？　逆上して？　キスしたんですか？」

つめよると、彼のいつも凛々しい顔に、血の気がのぼる。

……うん。かわいいところもあるじゃない。

MASAKI・17

「でも、あれがなかったら、僕達、あのままでしたね」

晶也が、俺にもたれかかるようにして、言う。

からかうようにチラッと見上げる。

「そう。だから、もういいじゃないか」

照れ隠しに晶也の肩を抱き寄せると、俺の胸に顔をうずめて、ため息をつく。

「僕はこわいです。あのまま、あなたが居なくなってしまっていたらと思うと……」

俺は、思わず彼の顔をあげさせ、キスをする。ああ、今夜、何度目のキスだろう。

「どこにもいかない。約束しただろう？」

「はい、でも……」

ふいに、寂しげにうつむいて、

「いまさら異動の話を変更できるんですか。あなたの仕事の邪魔になるのは、僕は……」

晶也は、つらそうな声で、

「でも、あなたがイタリアに異動になると聞いて、僕はどうしようもなくなりました。それで、どんなに愛していたか、わかったんです。……もし、無理矢理ついていったら、ますます邪魔になるし……仕事が……ああ」

ひとりで、なぜか落ち込んでいく。

「ちょっと待ってくれ、篠原君」

俺は、彼の言葉をさえぎる。

「俺の異動命令は、一体いつ出たのかな」

「え？　だって、もっぱらの噂で、悠太郎も……え？　だって人事部が、異動の準備を……」

「一人、日本に入って来る人間がいるだけだ。どうして、俺だと思ったの？」

晶也は、琥珀色の目を見開いて、放心している。

いつもの『だまっていれば美青年』な顔は、どこへいったんだ？

「だって、デスクがきれいになってたし。いつも資料が山積みだったのに」

「悪かったね。たまに掃除すると、これだ」

俺は大笑いして、彼の手からグラスをとりあげ、テーブルに置く。

革のソファーにゆっくりと押し倒して、

「それで？　逆上して？　今夜ここに来た？」

ささやくと、晶也は脱力して、

「逆上しすぎて、全てを捧《ささ》げてしまいましたよ……」

「俺は、その噂に感謝するよ」

晶也の目をのぞきこむ。

彼はねだるようにゆっくり目を閉じ、俺はそのさんご色の唇に深く口づける。

そっと絡ませた暖かい彼の舌は、レモンとはちみつの味がする。

長いキスの後、晶也が、笑いながら囁く。

「僕とあなたって……もしかして、似てます？」

「どうかな？」

俺は、晶也を強く抱きしめる。

きっかけなんてどうだっていい。今、晶也が、腕の中にいる。

それだけで、俺は幸せだ。

「はっきりいえることはね、晶也」

晶也のまつげの長い目が、うっとりと俺を見上げる。

「俺達は、こうなる運命だった……ってことだよ」

晶也はうなずいてキスをねだり、俺はもう一度くちづける。

そして、俺達はまるで、ひとつになってしまったように、ずっと抱き合っていた。

AKIYA・18

夢のように甘かった週末……それが終わった月曜日は、まさに地獄状態の忙《いそが》しさだった。まるまる一週間中断していた仕事が山のようにおそいかかってくるし、企画課や試作課からの内線は、ひっきりなしだし……でも、僕らは半分上の空で、それどころじゃなかった。

そう。あのコンテストの結果がわかる日、そして僕達全員、デザイナーをクビになるかどうかの運命の日だったんだ。

日本時間の昼過ぎまでに、アントニオ・ガヴァエッツリ副社長から会議の結果を知らせる国際電話が入るはずだった。

僕らは外線のベルが鳴るたびに飛び上がり、私用とわかるとあわてて切った。

「きませんね……」

田端チーフのつぶやきに、皆はギクリとして時計を見る。もう、夕方四時をまわっている。

終業時間は五時だから、あと一時間足らずしかない。

「このまま電話がなかったら、オレ達全員プータローですか」

おずおずと、黒川チーフに向かって悠太郎が聞く。

今日もかっこいい僕の黒川チーフは、いつもと変わらず落ち着いたまま、

「電話がないということは、ないと思うよ……あ、柳君」

書類から、目をあげて、

「仕様書の、石のつづりが間違っている。直してくれないか」

書類を渡す拍子に、僕の視線に気づく。

心配ない、というように笑ってくれるけど、本当に大丈夫かな……。

描いてるときは強気だった僕も、今になって不安になってしまう。

目の前にしてみると、クビってのはやっぱりこわい。

家賃だって払えないし、千葉の実家に帰るしかないのかな。でも、そうしたら、彼ともそんなに会えなくなって……会社都合《つごう》の退社なら、失業保険が……うーん。

プルルル……。

僕の思考を電話の音がさえぎった。

この呼出音は、外線だ！

「お疲れさまです、黒川です。……イタリアから？　……はい、お願いします」

隣の席の広瀬君が、僕をつついて、

「あきやさーん、国際電話ですよ、来ましたよー」

「どうしよう、広瀬君」

ふざけて、でも内心はマジでこわくなって広瀬君と手を握りあう僕を、イタリア語で話しながら、黒川チーフがチラリとにらむ。

メモをとりながらしばらく話し、最後に少しぶっきらぼうに電話を切る彼を、僕らは固唾《かたず》をのんで見守る。

「全員、集まってくれますか？」

黒川チーフの少し怒ったような声。

僕らは緊張しながらメモをつかんで、チーフ席の前に立つ。

「コンテストの結果から言うと……」

黒川チーフが、全員を見渡す。誰かがゴクリと唾《つば》をのみ込む。

「今回、該当者《がいとうしゃ》なし、ということです」

……ああ、だめだったのか……。

イタリアの壁は、厚かった。いくら頑張ったとはいえ、やっぱり付け焼刃じゃ、太刀《たち》打ちできなかった。

……ということは、全員クビ……？

ああ、座りこんでしまいそうだ。

「ただし……」

黒川チーフが続ける。

「別の中石を調達するということで、全員のデザインの商品化が決定しました」

僕らは、お互いの顔を見つめあう。

「……ということは？」

黒川チーフが、いたずらっぽく笑って、

「俺達はマジオ・ガヴァエッリに勝った……このクソ忙しい日々が、まだ続くということだよ」

僕は、口を開けたまま、振り向いた。

デザイナー室の仲間達も、呆然としている。

「や、やったかも……」

悠太郎の声で、皆の顔に、ゆっくりと喜びがひろがっていく。

「いやあ、一家そろって路頭《ろとう》に迷うところだった」

妻子持ちの三上《みかみ》さんが言う。このなかじゃ、この人が一番心配だったろう。

「やだ、もおー」

野川さんが、半泣きで叫ぶ。

「失業するから結婚しろって、彼にせまっちゃったわよ、あたしー！」

「やったよ、あきや！」

悠太郎が、まだ呆然としている僕に抱きついて、ガシガシ揺する。

「やった！　また皆で宴会できるじゃん！」

ギュウギュウ抱きしめる。ふざけて柳君と広瀬君もその上から抱きついてくる。

僕は、おしつぶされながらも笑って、

「や、やめて、甲子園じゃないんだからさ」

「そこ！　最後まで聞いてくれるかな。森君、あき……篠原君から、手を放しなさい」

黒川チーフが苦笑いしながら、にらむ。

「ただし、日本支社全体とデザイナー室に、組織変更があります」

僕の黒川チーフは、凛々しい顔に戻って、

「日本支社デザイナー室は今まで、イタリア本社の下請《う》け的な仕事が主でしたが、今度、ガヴァエッツリ・ジャパンというブランドとして、オリジナルラインを開発することになりました」

悠太郎が、うっそー、と口を動かして、こっちを見ている。

う、嬉しいかも……。

やっぱり、新しいブランドの開発は、憧れだよね。

「それにともなって、まだ経験の浅い日本支社をサポートする意味でもう一人、私と田端チーフの上に、ブランドチーフが就《つ》くことになります」

これが彼の言ってた、日本支社に来る人、ね。

黒川チーフがいるなら何とかなりそうだけど、イタリア人のガンコおやじみたいな人が来たら、ちょっと怖い。

「名前は、アントニオ・ガヴァエッリ。彼は副社長と、日本支社デザイナー室のブランドチーフを、兼任することになります」

長谷、野川コンビが、手を取り合って喜んでいる。短い間だったけど、けっこうファンを獲得していたみたい。

僕も、見知らぬ人じゃなくて、密《ひそ》かにホッとする。あの人は怖いけど、好感が持てるんだよね。

黒川チーフがチラッと僕を見て、なぜか憮《ぶ》然《ぜん》とした面《おも》もちでメモを開き、

「アントニオ・ガヴァエッリ副社長からメッセージで『マジオのために急いで描いたデザインに、あのルビーをセットするのは悔しいので、改めてコンテストをひらく。楽しみに実力を磨いておくように』とのことです。彼の着任は……十二月十日付け……あのやろう、クリスマスパーティーの前を狙《ねら》ったな」

黒川チーフらしくなく、ついた悪態《あくたい》に、僕らは笑った。

今回のことは、アントニオ氏が僕らの実力を見極めるためでも、あったんだろう。

結局のせられてしまったけど、彼の真剣な姿勢を見て、僕らにも感じるところはあった。

オリジナルブランドの確立なんてきっと大変な仕事になるはずだけど、うん。アントニオ氏ならやるだろう。

僕らもきっと、ついて行ける。

終業のベルが鳴る。いつもだったら、皆とっとと散っていくところだけど……

「えー、すいません」

宴会会長の瀬尾さんが、前に出て、

「本日、お約束通り、打ち上げをおこないます。場所は黒川チーフのお宅ということで」

長谷、黒川コンビが、黄色い声をあげて抱き合っている。

僕は、ちょっとムッとしていた。

二人の……二人の愛の巣になった、あの部屋。やっぱり、あそこでやるわけ？

僕が、あの部屋で、あんなことやこんなことを初めて教えられてから、まだ二日！　しか経《た》ってないのに。

……彼は、わかってるのかな？　僕が初めての夜のこと、どんなに大切に思っているか。

「集合は六時半。天王洲駅改札です。買い出し担当は、悠太郎と晶也くんね。お酒も忘れずに」

「重いよー、二人じゃー」

文句を言う悠太郎に、黒川チーフが、

「俺の車を出す。乗せていくよ」

「ラッキー！　マスタングですよね、コンバーチブルの。ちょっと運転させてくれます？」

悠太郎は、ご機嫌だ。

ムッとしたまま顔をあげない僕に、黒川チーフがメモを渡して、

「篠原君、頼むよ。前に車をまわしておく」

コートとアタッシュケースを持って出ていく、背の高い後ろ姿をにらむ。

……これじゃ、妬《や》きもちやきの奥さんじゃないか。彼の部屋なんだから、僕が怒ることはない。宴会は嬉しい。だけど、うーん……。

帰り仕度《じたく》をする振りで、悠太郎から離れ、メモをひらくと、

『ベッドがふたりの愛の巣だ。ロフトには、誰も入れないように』

ブルーブラックの万年筆で書かれた文字はあわてていたらしく、少しかすれてる。

僕は赤面して、メモをポケットにつっこむ。

……わかっているんなら、許してあげてもいいですよ。

MASAKI・18

初めて見た、デザイナー室の宴会は、壮絶だった。

どこから持って来たのか、タンバリンは振るわ、カラオケもないのに歌うわ踊るわ。

これを毎回、晶也の部屋でやっていたのか？　……気の毒に。

「ああ、やっぱりおしゃれな場所でやると、ちょっと優雅な感じ！」

長谷、野川コンビは、窓から離れない。

「柳くん、そっちはダメ！」

酔っぱらってロフトへの階段を上ろうとしている柳を、広瀬と晶也が、ひきずり降ろしている。

田端が、三上、瀬尾のサブチーフ・コンビをつかまえて、日本のジュエリー業界はだめだ……とやっている。説教上戸《じょうご》だったらしい。あの二人も、気の毒に。

「黒川チーフ」

いつのまにか近寄ってきていた悠太郎が、ソファーの俺の隣に座る。

「ちょっと、いいですか」

俺のグラスに、手に下げてきたシャンパンを乱暴に注《つ》ぐ。

自分のグラスにも注いで、乾杯もしないで一気飲みする。

きっと来ると思っていたら、やっぱり来たね。でも、飲み過ぎだよ、悠太郎。

「オレ、晶也と、いつだって一緒だったんです。もう何年になるかなー」

空になった彼のグラスに、テーブルにあったジンジャーエールを注いでやる。

「オレ、実家が九州で、あいつ、千葉で。初めて会ったのは、大学の入学式の時。一人暮らしは初めてだし、東京出てきて不安で。早く友達でもつくんなきゃ、と思ってたらあいつニコニコして話しかけてきて……」

いつのまにかタメ口になっている彼の言葉に、うなずいてやる。

「今は少し大人っぽくなったけど、あの頃、あいつ、もう超、超、かわいくて、かわいくて」

悠太郎は、力を込めて言う。ああ、俺も見たかったな。晶也と君の学生時代。

「しかも、ボーッとしちゃって、オレ、大変だったよ。一緒に軽音のサークルに入ったのはいいけど、ちょっと目を離すと、ヤローの先輩に迫られてたり、ライブハウスでどっかのロック野郎につれ去られそうになったり……オレ、何人ぶん殴ったか、わからない」

「君も、結構やるね」

悠太郎は、一瞬俺をにらんでから、ニヤッと笑う。

晶也のためならね、と目が言っている。

「あいつ人なつこいんだけど、恋愛に関しては淡泊《たんぱく》すぎるっていうか……女の子とつき合ってても全然関心ない。赤面もしない。もしかして男に興味あるのかと思えば、迫ってきたサークルの先輩を、工具箱でぶん殴ったりするし」

俺は、少し動揺していた。

晶也と過ごした時間がよみがえる。彼は、赤面どころか……。

「だからなのか、あいつ、よくわかってないんだよ。どういうふうにしたら、人がオカシクなっちゃうか。それに、自分がどんなに人をオカシクさせやすいか……オレが言ってる事の意味、わかります？」

「……よくわかる」

……俺も、その犠牲者のひとりだ。

シャンパンを飲み干すと、悠太郎が、素早く注いでくれる。

「だから、誰かがちゃんと見てないと、アブナくってしょうがない。だってあいつ、所かまわず誘導フェロモン全開ですよ！」

俺は、つい笑ってしまう。

……君も犠牲者らしいね。よくわかってるじゃないか。

「だけど……」

急に悠太郎の声のトーンが沈む。

「この間、あいつ、初めて恋愛のことで泣いてたんです。落ち込んでて、もうぐちゃぐちゃで。オレ、見てられなかった。誰かのせいで、今度はあいつが初めてオカシクなってた。それが誰のせいとは、いわないけど」

「そう。誰のせいだろうね」

俺達は、にらみ合うように目を逸らせずにいた。しばらくの沈黙のあと、俺は、

「君は、また、そいつを殴りたいと思っているのかな」

悠太郎は、黙ってソファーの背もたれに肘《ひじ》をかけ、晶也のほうを振り返った。

晶也は、広瀬と二人がかりで、柳の顔に何か描いている。

終わると吹き出して、床をころげ回って笑っている。

「晶也の、あの顔見てたら……」

起きあがって反撃に出た柳から、広瀬と二人で逃げ回っている。

まったく子供のような笑顔。

「……殴れるわけないじゃないですか。オレも保護者を引退かなって……ただ……」

時計を見て立ち上がりながら、

「そいつが裏切ったりして、晶也を泣かせるようなことがあったら、その時こそオレ、そいつのこと、マジでぶん殴ります」

「悠太郎」

俺の声に見下ろしてきた彼の目は、真剣だった。

「晶也は、心から大切にされる。彼が苦しみに泣くことは、もうないと思う」

悠太郎は、うなずいて口の端で笑う。なかなか男らしいよ、悠太郎。

だが、彼はすぐに、いつものひょうきんな顔に戻って大声をあげる。

「ちょっとみんなー、十一時だから撤収《てっしゅう》ー！　終電なくなるよー！」

ええー、もうー、と口ぐちに言いながら立ち上がり、全員が帰り仕度を始める。

あとに残される、食器、グラス、空になった酒の瓶と缶の山。

「これはひどいな」

呟く俺を、いつの間にか来ていた晶也が見上げて、

「いつものことです」

と、笑う。

礼を叫んで出ていくメンバーの列の、一番後ろについた悠太郎に向かって、晶也は、

「僕、片付けを手伝っていくよ。先に帰っていいよ」

悠太郎は玄関に立ち止まって、俺と並んで立つ晶也を見つめた。

彼にはちょっと可哀そうだったかな、と思った瞬間、俺に向かってニヤッと笑って、

「ニクいぜ、色男！」

言って、ドアを閉める。

「何を言ってるんでしょうね。悠太郎ったら」

動揺して、赤面しながらリビングにむかう晶也を、つかまえる。

「あ、なんですか、僕、片付けしなきゃ」

「後でいい」

抱きしめようとすると、猫の子のように暴れる。

俺の胸に両手を突っ張って、

「そうはいきませんよ。あなたは、すぐ……」

「顔に、なにか描かれたね」

見つめて言うと、目を丸くして、

「え？　へんだな。いつの間に……」

頬に手をやって警戒を忘れたスキに、唇を奪う。

一瞬、抵抗するが、すぐにおとなしくなって俺を受け入れる。

たっぷり味わってから、唇をはなして、

「嘘だよ」

囁くと、目を色っぽくうるませて、にらむ。

今度こそ抱きしめて、

「晶也、大切にするよ。約束する。だから、君も泣いたりしないね」

俺は、心から言う。

君を求め続けた苦悩の日々は、もう味わいたくない。

君が笑ってこの腕の中にいる……そのためなら、俺はなんでもするだろう。

俺の胸に頬をうずめた晶也は、クスリと笑ってうなずくと、俺の背中に腕をまわす。

「はい。誰かさんに、ベッドの中でいじめられないかぎりは、ですが」

「ああ……」

俺は、腕の中の晶也の感触を、確かめる。

それだけで、身体が熱くなってくる……。

「それは、約束できないな」

Preciso!

朝の日課のコーヒーを、僕はまだ飲んでる。

今日から、アントニオ・ガヴァエッリ氏が、副社長兼デザイナー室ブランドチーフとして赴任《ふにん》してくる。

新ブランドの方にも手がつくというのに、僕はまだやりかけた仕事の整理に追われている。

バインダーを開いて、デザイン画を確認。

昨夜は、ちょっかいを出してくる手を、ふり払いふり払いして、二時まで頑張ったんだ。

うん。バランスもばっちりだし、製図も合ってる。

計算機を出して確認。よし、コストも入ってる。

朝イチで提出して、今日こそ一発ＯＫだ。

いつもと変わらない朝。ただ、前と違うのは、

「……晶也……？」

ロフトから降ってくる寝ぼけた声。

毎朝、イタリアンスーツを着こなした完璧な姿で僕の視界に現れていた彼は、今はまだシーツを被《かぶ》ったままで、ベッドの中だ。

意外にも、朝に弱いらしい。僕なんかシャワーも済んでる時間なのに、まだ眠そう。

「まだ早いよ……もう一度、ベッドへおいで」

「いやです。あなたも仕度してください」

僕の反応を知ってて出す、彼の甘い声を振り切る。

そばに行ったらおしまいだ。

まったく。彼につきあってたら身体がもたないよ。

「ぎりぎりにかけ込めばいい……あと一時間は大丈夫だよ……」

「それがチーフの言うことですか？」

僕は、パジャマを脱いで、ワイシャツに袖を通す。彼の真似をして、ネクタイに完璧な結び目をつくる。きちんとプレスしておいたスーツに着替える。

僕が来るようになって、この部屋にいろいろなものが増えた。

僕用のパジャマ。僕用のバスローブ。

それからキッチンに、フィリップ・スタルクのレモン絞り。はちみつの瓶。アレッシィの銀色のステンレスボウルに、山盛りのレモン。

終わったあと、必ず彼が作ってくれるホットレモネード用。

……だけどあんなに大量のレモンを買い込んで、腐るまえに、この数だけこなせっていうの？

「篠原君！」

「はい！」

彼が、急に呼ぶ。仕事の時の声だ。僕は、反射的に返事をしてしまう。

「大変だ！　ちょっと」

「どうしました？」

僕はあわてて、ロフトへの階段をかけのぼる。

終わったあと、必ず彼が抱いて降りてくれる、パンチングメタルのステップ。

広さは十畳くらいかな。

フローリングのロフトには、でっかいキングサイズのベッドが一つ。

黒川チーフはその上で、裸の上半身を起こして、宝石の業界新聞を広げてる。

「ちょっと見てくれ」

モデルばりのルックス。おきぬけの乱れ髪もセクシーな、僕の恋人の顔は真剣だ。

「うわ、また何かあったんですか？」

慌てて、ベッドによじ登る。

その瞬間、ニヤリと笑って新聞を放り投げた彼を見て、僕はあわてて逃げようとしたけど、

……遅かった……。

「また……だまされたね」

僕をベッドに押さえつけて、甘く囁く。

ああ……その声だけで、もう、とろけそうになるのを知ってて、僕の恋人は、本当にズルい。

「おいでって言ったのに、いうことをきかない。一時間かけて……おしおきかな」

耳に吹き込まれる、ため息まじりの囁きに……そんな短い間じゃいやだ……と口走ってしまいそうになって、あわててにらむ。

「だめ。もう出社の時間です。会社の前の店で朝のコーヒーを日課にしてたの、知ってますよ。僕が見てたの、気がつかなかったでしょう」

得意になる僕に、くすっと笑って、

「気がつかないわけがないだろう。君と一緒に朝のコーヒーを飲むために、毎朝通ってたいんだよ」

「え？」

聞き返す僕に、本格的にのしかかって押さえこむと、せっかく結んだネクタイを、シュッ、と引き抜いてしまう。

「君に会いたくて、半年も通ってしまった」

せっかく着込んだ上着もワイシャツも、次々に脱がされて、ベッドのヘッドボードに並べて掛けられてしまう。

「朝に弱いっていうのに、早起きして、ツラかったよ」

ベルトをひきぬかれ、スラックスの前から、彼の手が忍び込む。

喘ぎ声を抑えるだけでもせいいっぱいの僕は、あきらめて彼の首に手をまわす。

「朝に弱いのに、コレはいいんですか？」

僕の、かっこよくて、ズルくて、優しくて、いじわるで、そして、最高にセクシーな恋人は、僕を見下ろして、僕をそれだけで熱くしてしまう笑顔で、にっこり笑う。

ああ……もう。あなたといると、あんな数のレモンじゃ、全然たりないよ……。

「これからはコレが、二人の……」

僕に、朝一番のキスをして、

「……朝の日課だよ、篠原君！」

SWEET LIKE HONEY

MASAKI

「すごく美味しそうなはちみつですね。いい香り」

銀のスプーンを動かしてははちみつをすくい取りながら、晶也が嬉しそうに言う。美しいラインを描く横顔、ミルク色の頬、さんご色の唇。伏せられたまつげが、とても色っぽい。

「君は、はちみつ入りのホットレモネードが本当に好きなんだな」

仕事の後、天王洲にある俺の部屋。〆切が立て続けだったせいで彼がこの部屋に来るのは二週間ぶりだ。すぐにでも押し倒したい俺の気も知らず、シャワーから出てきた晶也は「今夜は僕がホットレモネードを作りますね。あなたもシャワーをどうぞ」と言いながらキッチンに立ってしまった。俺は肩透かしを食らった気分で仕方なくバスルームに向かった。

人並みはずれたセンスを持ち、あんなにも完璧なデザイン画を描くにもかかわらず、彼は日常生活においては驚くほど不器用だ。彼が半分に切ったレモンは左右で大小がまったく違い、そのせいでアレッシィのレモン絞りを使うのはとても大変だったようだ。作業台の上は零れたレモンのジュースが池を作り、やかんは湯気を吹き上げながら激しく沸騰し、晶也はとても焦った顔ではちみつの瓶と格闘していた。バスルームから出た俺はやかんの笛の音に驚いてキッチンに走り、彼の手からはちみつの瓶を取って蓋を開けてやり、やかんの火を止めた。そしてグラスに絞ってあったレモンのジュースと沸騰した湯を使って、手早くホットレモネードを作った。彼に任せていたらきっと火傷をしていただろう……そう思って、心の中で安堵のため息をついた。

……まったく、放っておけないというか、なんというか……。

俺は思いながら彼の横顔を盗み見て、それから一人で小さく微笑んでしまう。

……まあ、そこがたまらなく可愛いとも言えるのだが。

イタリア本社にいる頃、俺は『アキヤ・シノハラ』というデザイナーのセンスに心酔し、同時にその圧倒的な才能に畏怖を覚えた。気難しく傲慢なデザイナーを見慣れていた俺は、あれほどの完璧なデザインを描く『アキヤ・シノハラ』も、きっと同じような人間だろうと想像していた。しかし本当の彼は、見とれるような容姿と、澄み切った心を持つこんなに麗しい若者だった。気取らず、驕《おご》らず、そして不思議と可愛らしいその内面を知るにつれ、晶也への愛おしさは際限なく膨れ上がる。彼のような人を恋人にできたという幸運が、今でもまだ信じられない。

「悠太郎が教えてくれたんです。声を出しすぎて喉がかれた時には、はちみつ入りのホットレモネードが効くんだよって」

晶也は俺の気も知らず、無邪気な声でほかの男の名前を口にする。男らしく身を引いてくれたとはいえ、悠太郎は晶也に淡い想いを抱いていた相手。しかも晶也が声をからしてしまうのは熱い交わりの後。自分の大人気なさにはあきれるが……ついついその言葉に反応せずにはいられない。

「どんな時に声をからしたのか、気になるな」

俺の声の変化に気づいたように晶也は顔を上げ、それから慌てたように言う。

「もちろん、カラオケの後とかです。悠太郎と変なことをしたことはありません。僕があんなことをするのはあなたとだけ……あ……」

甘い夜を思い出したのか、晶也はその滑らかな頬をバラ色に染める。

「赤くなった。何を思い出したのかな？」

俺が言うと、彼は恥ずかしそうに顔を伏せてしまう。

「……もう。あなたは本当にイジワルです……あっ」

すっかりお留守になっていた彼の右手。たっぷりとすくわれたはちみつがスプーンの柄を伝い、指から手のひら、そして手首にまでトロトロと流れ落ちていた。

「……うわあ、やっちゃった。袖がベタベタになっちゃう」

彼は慌ててスプーンを瓶に戻すと、バスローブの袖を肘まで捲り上げる。露わになった肌はあたたかなミルク色をしていて、とても柔らかそうだ。

……獣のようにそこに歯を立ててしまいたい。そのまま彼のすべてを貪りたい。

俺の心の中に、激しい欲望の炎が燃え上がる。

「はちみつをこんなところまで垂らしちゃうなんて。僕、本当に不器用ですね」

晶也はため息をつきながら言い、それからはちみつに濡れた手を持ち上げる。

「……ン……」

柔らかそうな唇の間から、ピンク色の小さな舌が覗く。はちみつに濡れた手首の内側を、ゆっくりと舐め上げる。あまりに色っぽい仕草に、身体の奥が、ズキリと痛む。

……悠太郎が『誘導フェロモンが全開だ』と言っていた意味がとてもよく解る。

俺は必死で欲望を押さえ込もうとしながら思う。

……彼は自分がどんなに美しいかを自覚していない。そして自分に欲情する男がいるなどとは夢にも思っていないに違いない。だが……。

俺は彼から目が離せなくなってしまいながら思う。

……君のすべてが、こんなにも俺を発情させる。

「……本当に美味しいです、このはちみつ」

彼は俺を見上げ、はちみつに濡れた唇のままで無邪気に微笑む。その色っぽい姿に、脊髄に熱い電流が走る。

「君は本当に悪い子だ」

俺は我慢ができなくなって彼の手首を摑み、引き寄せる。

「君に恋焦がれる男の前で、そんなふうに無防備でいる」

囁いて彼の指先にキスをし、そのまま舌でゆっくりと舐める。細い指、指の付け根、手のひら、そして静脈が微かに浮き上がるしなやかな手首の内側。

「……ん……っ！」

舌が手首を通過した時、晶也の身体がびくりと震え、その唇から愛を交わしている時のような切ない喘ぎが漏れた。

「……いけません、黒川チーフ……！」

「どうしていけないのかきちんと説明してくれ、篠原くん」

俺は囁き、手首の肌にそっと歯を立てる。

「……あぁ……っ！」

晶也は今にも泣きそうな声で喘ぎ、その呼吸を乱す。

「そんなに切ない声を出すなんて。もしかして、噛まれただけで発情しているのか？」

意地の悪い気持ちになりながら囁き、今度はそのしなやかな指先を口に含む。彼の指を舌でたっぷりと愛撫し、チュッと吸い上げてやる。

「……あ……」

晶也の膝からふいに力が抜ける。フワリと床に座り込みそうな彼の身体を、腕を伸ばしてしっかりと抱き締める。

「今すぐに抱きたい。君は？」

彼は俺の胸に頬を埋め、そして恥ずかしそうな声で囁き返してくる。

「……僕も……今すぐに抱かれたいです」

……ああ、愛おしすぎて、可愛すぎて、おかしくなりそうだ。

彼の逞しい腕が僕を抱き上げ、大理石の床にそっと押し倒す。頭の下に丸めたタオルが押し込まれ、彼がこのままここで、僕を抱くつもりなんだと思う。

……どうしよう、心臓が壊れそう……。

彼の手が、僕のバスローブの襟元をゆっくりと押し広げる。唇が下りてきて、僕の乳首の上にキスをする。チュッと音を立てて吸い上げられ、味わうように舌先で舐め上げられて、身体が燃え上がりそうに熱くなる。

「……ん、うう……っ」

僕は甘い喘ぎを彼に聞かれてしまわないように、握り締めた拳に歯を立てる。そうしないと、快楽に溺れてすごく恥ずかしいことを口走りそうだったんだ。

「指を噛まないで。うんと声を出していい」

「……ダメです。聞かれたら、恥ずかしいから……」

「上司の言うことを聞けないなんてイケナイ子だな。きちんとお仕置きをしなくては」

囁いて、彼が僕の上から起き上がる。手を伸ばし、調理台の上から何かを取る。視線を移した僕は、彼がスプーンが刺さったままのはちみつの瓶を握っていることに驚く。

「手をどけて。舌を出しなさい」

「……え？　あ……っ」

彼がスプーンを持ち上げ、僕の唇にそれを近づける。慌てて手をどけると、彼は僕の唇の上にはちみつを細く垂らしてくる。零れてしまいそうなそれを、慌てて舌で受ける。

「美味しい？」

セクシーな声で聞かれて、僕は鼓動を速くしながらうなずく。

「素直ないい子だ。動かないで」

彼が囁きながら、スプーンにはちみつをすくいとり、僕の身体の上にゆっくりと垂らす。顎から首筋、鳩尾《みぞおち》、そして剝き出しにされた乳首の上。

「……あ、ダメ……」

トロトロとしたそれが乳首の上をゆっくりと滑り落ちる感覚。不思議な快感が湧き上がり、まるで媚薬でも飲んだかのように身体が熱くなってくる。

「とても美味しそうだ。君のミルク色の肌が、まるで上等のお菓子のように見える」

彼が囁いて、ゆっくりと僕の上に顔を下ろしてくる。

「……ああ……っ」

舌先で乳首をくすぐられ、思わず声を上げてしまう。彼がまるでお仕置きでもするかのように僕の乳首にキュッと歯を立てる。彼は、いかにも育ちが良さそうな真っ白な美しい歯をしている。それが自分の身体に食い込むところを想像するだけで……。

「……あ、ああ……っ」

身体を走った甘い快感に、腰が勝手に跳ね上がる。バスローブがスルリと滑り、腿が露出してしまったのが解る。僕は慌てて手を伸ばし、必死でバスローブの布地を摑む。だって、バスルームに着替えを持っていくのを忘れたから、今、下着をつけていないんだ。

「どうしてそんなに慌てている？　もしかして……」

彼が囁いて、僕の上から身を起こす。視線が身体の上をゆっくりと滑り降りるのを感じて、頰がますます熱くなる。

「下着をつけていないようだね。バスローブが下からしっかりと押し上げられているよ」

真っ直ぐに顔を見下ろされて、鼓動がますます速くなる。彼の漆黒の瞳の中には、まるで肉食獣みたいに獰猛な光が揺れている。

「俺はとても発情している。そんな姿を見せておいて、今さら逃がすことなどできない」

彼の声はとてもセクシーで、それだけでなく微かにかすれている。それが激しい欲情のためだと気づいて、胸が焼け付きそうなほどに熱くなる。

……ああ、彼も僕に発情してくれている……。

「……黒川チーフ……」

彼の名前を呼ぶと、僕の声は微かに震えていた。彼は切なげな顔で僕を見つめて囁く。

「とても怯えた顔をしている。……まだ怖い？」

彼の言葉に、僕は思わず小さくうなずいてしまう。彼は、どこかがとても痛んだかのようにその秀麗な眉を寄せる。

「たしかに俺は君の人生を変えてしまった。しかも君を見ると愛おしくて愛おしくて、欲望を抑えることができない。君からすれば……」

「あなたが怖いんじゃないんです」

僕は彼を真っ直ぐに見上げて、今の気持ちを囁く。

「何もかも忘れて、この恋に溺れてしまいそうな、自分が怖いんです」

彼は驚いたように目を見開き、それから優しい顔で微笑んで、僕の唇にキスをする。

「怖がらないで。二人一緒に、深い恋の海に溺れよう。……愛している、晶也」

セクシーな声で囁かれ、僕は胸を熱くしながらそっとうなずいた。

「愛しています、雅樹」

彼の唇が、僕の唇にそっと重なる。それだけで、僕はもう何もかも忘れてしまいそう。

ああ……僕の恋人は、ハンサムで、獰猛で、そしてこんなにもセクシーなんだ。

あとがき

こんにちは、水上ルイです。この『恋するジュエリーデザイナー』は一九九六年に発刊された水上ルイのデビュー作、そしてジュエリーデザイナーをしながら書き上げた生まれて初めての小説でした。思い入れの深い本でしたのでリーフさん倒産とともに中断、絶版となって個人的にかなりのショックを受けていました。しかし今回、ルチル文庫さんより復刊、続投が決定しました。彼らのお話をまた続けられることが本当に嬉しいです。既刊の出しなおしが完了するまでに時間がかかると思いますが、シリーズ新作はそれとは別のペースでの発刊を予定しております。ちなみに以前と同じく第一部は吹山りこ先生、第二部からは円陣闇丸先生にイラストをお願いしています。出版社さんやイラストの先生方のご迷惑にならないようにノンビリしたペースだとは思いますが、頑張りますのでこれからもよろしくお願いできれば嬉しいです。文庫化のために校正をしたのですが……いろいろな点で驚いたり青ざめたり。しかしこれも思い出ということでできるだけ当時のまま再現しております（涙）。ラヴラヴショートも書き下ろしましたので、そちらもお楽しみいただけると嬉しいです。

最後になりましたが、大変お世話になった幻冬舎コミックスの皆様、担当・O本様、この本のために素敵なイラストを書き下ろしてくださった吹山りこ先生、そしてたくさんのリクエストをくださった読者の皆様、本当にありがとうございました！

✦初出　恋するジュエリーデザイナー………リーフノベルズ「恋するジュエリーデザイナー」（1996年9月刊）
SWEET LIKE HONEY……………書き下ろし

水上ルイ先生、吹山りこ先生へのお便り、本作品に関するご意見、ご感想などは
〒151-0051 東京都渋谷区千駄ヶ谷 4-9-7
幻冬舎コミックス　ルチル文庫「恋するジュエリーデザイナー」係まで。

幻冬舎ルチル文庫

恋するジュエリーデザイナー

2008年6月20日　第1刷発行

✦著者	水上ルイ　みなかみ るい
✦発行人	伊藤嘉彦
✦発行元	株式会社 幻冬舎コミックス 〒151-0051 東京都渋谷区千駄ヶ谷 4-9-7 電話 03(5411)6432［編集］
✦発売元	株式会社 幻冬舎 〒151-0051 東京都渋谷区千駄ヶ谷 4-9-7 電話 03(5411)6222［営業］ 振替 00120-8-767643
✦印刷・製本所	中央精版印刷株式会社

✦検印廃止

ISBN978-4-344-81358-8　C0193　Printed in Japan